## DER ROMAN

Als auf Tanjas Reitanlage an der italienischen Küste eine neue Gruppe pferdebegeisterter Frauen zu einem Reiturlaub ankommt, ahnt sie noch nicht, dass sich vieles von Grund auf ändern wird. Ursache dafür ist Elinor, eine quirlige Frau, die Menschen tief ins Herz blicken und mit Tieren kommunizieren kann. Sie überzeugt selbst die Skeptikerinnen der Gruppe, an einer Zusammenkunft bei Vollmond auf der Koppel im Beisein der Pferde teilzunehmen. Danach ist nichts mehr so, wie es einmal war…

## DIE AUTORIN

Im Mittelpunkt von Christina Göttes Leben stehen die Pferde. Die gebürtige Münchnerin verbrachte bereits als Kind ihre Zeit mit diesen wundervollen Geschöpfen, denen sie viel verdankt. Nach einer Ausbildung zur Bereiterin erfolgte die Prüfung zur Tierheilpraktikerin. Weiterbildungen in Tierkommunikation und Pferdegestützte Therapien waren Bestandteil ihres Lebens. Die Kommunikation mit Pferd und Hund ist nach wie vor ein zentrales Thema für die Autorin, die mit ihrer Familie in der Nähe der Nordsee wohnt.

Christina Götte

# TANJAS PFERDE

*Roman*

Bibliografische Information der Deutschen Nationalbibliothek
Die Deutsche Nationalbibliothek verzeichnet diese Publikation in der
Deutschen Nationalbibliografie; detaillierte bibliografische Daten sind im
Internet über http://dnb.dnb.de abrufbar.

Umschlagabbildung:
Christina Götte
© ›Frühlingsraunen‹, 2018

Umschlaggestaltung & Umschlagmotiv: © Christina Götte
Herstellung und Verlag: BoD - Books on Demand, Norderstedt

ISBN: 9783734746680

*Für Nicoletta*
*und alle meine vierbeinigen Freunde und Lehrer*

## MONTAG

Alles begann mit einem Muskelkrampf. Oder besser gesagt mit zweien. Ein Schrei, das automatische Strecken des geschundenen Beines und alles flog. Die Katze, die auf dem Tisch gedöst hatte, die Tasse heißen Tees - natürlich frisch bis zum Rand gefüllt -, das Honigbrötchen und in hohem Bogen hintendrein die neuen Manuskripte, an denen Tanja gerade gearbeitet hatte. Ach ja, und der Tisch natürlich, an den das Bein in voller Wucht gestoßen war. Fluchend griff sie an die Quelle des Schmerzes, während im nächsten Augenblick ihr zweites Bein offensichtlich in einem völligen Eigenleben zuckend den Blumentopf auf der anderen Seite traf.

Als die Krämpfe nachließen, besah sie sich die Bescherung: eine zornige Katze zog mit gesträubtem Fell von dannen, die Blätter des Manuskriptes schwammen im Tee, geziert von den Resten der Tasse und gekrönt von dem tropfenden Honigbrötchen. Dort hinein ragten von der anderen Seite Erdkrumen, Blätter und Blüten. Ausgerechnet ihr Lieblingshibiskus! Pfirsichfarben mit rotem Blütenboden war er bisher immer zufrieden mit der kargen Pflege, die Tanja ihm angedeihen ließ. Trotzdem prunkte er mit einer üppigen Pracht an Blüten, die sie immer wieder staunend zum Innehalten brachte. Und jetzt dies...

Schneller, als sie erwartet hatte, wurde die nun herrschende Stille von eilig herantrabenden Schritten unterbrochen. Durch die Terrassentür schob sich die mächtige Gestalt von Marianna, ihrer älteren und bereits grauhaarigen Haushälterin, deren Figur deutlich an die italienische Mamma erinnerte.

»Dio mio, was haben Sie denn da angestellt? Ist das wieder eine Ihrer vielen Launen? Ich hab doch wohl genug hier zu tun!«

Naja, ganz ehrerbietig war dies wohl nicht. Aber Tanja wusste, welch gute Seele in dem zugegebenermaßen manchmal recht rauem Kern steckte. Jetzt gerade fühlte sie sich wie ein Kind, das von der Mutter ausgescholten wird. Reumütig senkte sie den Kopf, dann erinnerte sie sich plötzlich wieder daran, dass eigentlich sie die Chefin war. Trotzig streckte sie ihre Nase vor.

»Sie sollten Mitleid mit mir haben! Meine Beine... au, hat das weh getan. Mein schöner Hibiskus! Oh nein, die ganze Arbeit mit den Manuskripten. Alles futsch. Nur wegen der blöden Krämpfe.«

Mitleidlos blickte Marianna sie an. »Aha, und wir haben wirklich brav wie besprochen alle Magnesium-Tabletten gegessen, ja?«

»Äh...« Ein unwillkürlicher schuldbewusster Blick zur Anrichte hinter sich ließ sich vor den Augen der gestrengen Haushälterin nicht verbergen. Diese eilte schnurstracks zu der Dose mit den Schüssler-Salzen, die sie vor drei Tagen aus der Stadt mitgebracht hatte.

»Noch nicht einmal geöffnet... Das hätte ich mir ja wohl sparen können«, murmelte sie gedankenverloren vor sich hin. »Also gut, Signora, ab sofort lege ich Ihnen die Tabletten auf Ihren Teller. Und wehe...!« Der Rest der Drohung versank in vielsagendem Schweigen. Die dunkel blitzenden Augen sprachen Bände.

Tanja hatte den Kopf eingezogen und bemitleidete sich erst einmal selbst. Und den Hibiskus. Schade um das Brötchen. Vor allem um die Manuskripte - da wurde ihr endlich klar, dass dies eine erhebliche Mehrarbeit für sie bedeutete. Sie sprang auf, mitten in die Teepfütze hinein, und fischte die Zettel heraus. Mit einem Blick erkannte sie, was sie schon befürchtet hatte: Tinte und Wasser hatten sich auf den Blättern vereint und ließen von all ihrer Arbeit nichts mehr erkennen.

»Oh nein, das darf doch wohl nicht wahr sein! Wie spät ist es denn? Ich muss alles nochmal schreiben! Die beiden Gruppen kommen schon um zehn Uhr! Ich wollte doch vorher noch mit Beauty ausreiten gehen.«

»Also, erstens hätten Sie nur das Magnesium nehmen brauchen. Wenn Sie dauernd Probleme mit Muskelkrämpfen haben, dann müssen Sie an der Ursache arbeiten. Muskeln brauchen nun einmal Magnesium. Aber helfen können die besten Medikamente nur dann, wenn man sie auch regelmäßig nimmt. Und wenn man gesund werden möchte. Ansonsten kann auch Jesus nicht helfen, Sie wissen ja,...«

Bevor Marianna beginnen konnte, wieder ihren reichen Fundus an Bibelstellen zu zitieren, unterbrach Tanja sie hastig. Ein Bibelmorgen hatte ihr jetzt gerade noch gefehlt. Allerdings hatte Marianna mit dem Einnehmen der Tabletten auch irgendwie recht. In Zukunft würde sie brav alles nehmen, was ihr die Haushälterin, die auch die Züge einer wettergegerbten Hexe trug, auf den Teller legte. Allerdings - wenn sie an den grässlichen Wermuttee dachte, der erst vor einigen Tagen zu einer ähnlichen Kontroverse geführt hatte, musste sie den guten Vorsatz doch noch einmal überdenken. Ok, vielleicht fast alles. Etwas Ähnliches sagte sie Marianna auch nun.

»Sie wissen doch, wie sehr ich Ihre Hilfestellung schätze. Aber manchmal bin ich so in Gedanken, dass ich diese Sachen einfach vergesse. Das ist gar nicht böse gemeint. Vielleicht gehen mir gerade zu viele andere Dinge im Kopf herum. Sie wissen genau, dass ich Ihnen vertraue. Und Sie haben schon so viel Gutes für mich getan. Aber jetzt muss ich dringend die Manuskripte noch einmal schreiben. Wenn Sie nun vielleicht schnell das Chaos hier beseitigen könnten, wäre mir wirklich geholfen! Ich gehe alles noch einmal durch.«

»Sehen Sie es positiv: Vielleicht haben Sie eine Kleinigkeit übersehen und können nun ein viel besseres Konzept erstellen. Außerdem - das wollte ich vorhin noch sagen - sollten Sie endlich den schönen Laptop benutzen, der in Ihrem Arbeitszimmer so dekorativ vor sich hinsteht. Ihr Mann hatte schon seine Gedanken, warum er Ihnen dieses Luxusgerät geschenkt hat.«

Ja klar, das war mal wieder typisch. Das Schlimme daran war, dass Marianna auch noch recht hatte. Es lag nur an Tanjas Faulheit, die mit Ausreden gut gesegnet war, dass sie immer noch nicht mit dem edlen silbergrauen Mac arbeitete. ›Ab heute Abend‹, nahm sie sich fest vor. ›Ich lasse mich heute Abend nach der letzten Gruppe noch vor dem Essen - wer weiß, was uns später wieder einfällt - von Max in dieses System von Apple einführen. So schlimm wird es schon nicht sein. Jedenfalls nicht schlimmer als dieses Chaos. Wenn ich allerdings statt der Blätter den Computer auf dem Tisch stehen gehabt hätte, wäre der Schaden nur noch größer gewesen. Also alles gar nicht so schlimm.‹

Mit einem tiefen Seufzer ging Tanja zur Anrichte an der Wand und entnahm ihr einen frischen Stapel blütenweißes Papier. Auf den Füller verzichtete sie dieses Mal, er war auch noch ziemlich nass. Stattdessen schrieb sie nun mit einem Kugelschreiber in schwungvollen Linien ein neues Konzept für die Gruppe an Reitschülern, die sie in gut zwei Stunden erwartete.

Die Frauen waren gestern bereits zum ersten Mal auf den Pferden gesessen, und Tanja hatte sie entsprechenden Abteilungen zugeordnet. Wie immer war es eine ausgewogene Mischung verschiedenster Persönlichkeiten mit unterschiedlichem Vorwissen. Da waren die Einsteiger, die außer dem Traum vom Reiten auf einem herrlichen Pferd noch gar nichts an Kenntnissen mitbrachten, ebenso wie die oft stressgeplagten, ehrgeizigen Turnierreiter sowie Leute, die mit Pferden einen entspannten Urlaub am warmen Meer verbringen wollten.

Ein letztes Mal ließ Tanja einen gedankenverlorenen

Blick über die Terrasse und den grünen Rasen davor zum flirrenden Meer hinuntergleiten. Im Hintergrund hörte sie Marianna wie von Ferne über das von ihr angerichtete Chaos schimpfen und den Hibiskus bemitleiden.

Tatsächlich bekam sie aber nichts mehr davon mit. Es war, als würde sie von ihren kreativen Gedanken an einen anderen Ort getragen. So bekam das erste Papier in Minutenschnelle einen umfassenden Plan für die erste Gruppe aufgetragen, dem weitere folgten. Dazwischen schob sie das frische, von ihrer Haushälterin grummelnd bereitgestellte Honigbrötchen in den Mund. Vielleicht hatte Marianna Recht gehabt; einige neue Einfälle ersetzten und ergänzten die bisherigen Ideen. Zufrieden rieb sich Tanja die Hände. Der Einstieg in diesen Tag war zwar recht chaotisch gewesen, hatte sich aber letzten Endes bezahlt gemacht.

Nun nichts wie los in den Stall! Die Reithosen waren wie eine zweite Haut; immer trug sie sie, so auch heute. Um nicht nochmals Schelte von der vermutlich mittlerweile in der Küche hantierenden Marianna zu riskieren, schlich sich Tanja leise ins Wohnzimmer, durch den breiten Flur bis in den Garderobenraum und zog sich dort die Stiefel an. Von hier ging ein Nebeneingang seitlich vom Haus in den Garten, direkt Richtung Reitanlage.

Aufatmend zog sie die Tür leise hinter sich zu. Die beiden Hunde Charles und Mortimer, zwei herrliche Greyhounds, sprangen nun fröhlich um sie herum. So lange hatten sie nun schon darauf gewartet, dass ihr Frauchen mit ihnen in den Stall hinüberging. Natürlich hätten sie auch mühelos das Holztürchen, das am Ende des Weges den Garten von der mit großen Platanen gesäumten Allee trennte, überspringen können, doch die lange und geduldige Erziehung hatte ihnen dies abgewöhnt. Stolz streichelte Tanja den Rüden im Gehen die seidigen Köpfe.

Während sie auf den mit Rinde bestreuten Weg der Allee trat, atmete sie tief den würzigen Duft ein, der vom Boden aufstieg. Eine gute Idee, den Sandweg mit Holz zu bestreuen. Er federte herrlich und hielt die Feuchtigkeit, auch wenn es später im Sommer außen herum allmählich trocken wurde.

Als sie aus dem Schatten der Allee herauskam, hatte sie die weiträumig angelegte Reitanlage vor sich liegen. Links der große Stall für die Schulpferde mit großzügigen Paddocks, in der Mitte der Brunnen mit Stute und Fohlen aus Bronze, dahinter die aus malerischen Bögen bestehende Verbindung von Schulstall und den beiden Reithallen. Rechts der private Trakt, ebenfalls Paddockboxen, mit der Führanlage im Hintergrund, in der bereits die ersten vier Pferde ihre Runden drehten.

Einige Pferdeköpfe schoben sich nun neugierig aus den Boxen des Privatstalles. Ein Schimmel, ein Fuchs, kein Rappe. Typisch, immer eine Extra-Einladung für die Dame.

»Beauty«, zirpte Tanja. Freundliches Grummeln der anderen Pferde. Kein Rappe. »Beauty, Beauty!«

Weiterhin kein Rappe. Na gut. Seufzend gab Tanja den anderen Pferden ein liebevolles Guten Morgen, mit einer Karotte natürlich. Dann stieg sie durch die Paddockabgrenzung und ging in die Box, in der sie nun höchst erfreut von ihrer Pferdedame begrüßt wurde. Kein Wort über das Fehlen auf dem Auslauf. Warum auch, wenn die Stute sie nun so bemüht begrüßte?

»Na Majestät, gut geruht? Was hältst Du von einem kurzen, knackigen Ausritt am Meer entlang? Noch ist Ebbe, da liegt der Strand schön trocken, nur für uns beide.«

Beauty interessierte sich augenscheinlich mehr für den Inhalt von Tanjas Taschen. Während sie ihrer edlen Stute liebevoll durch die Mähne fuhr, machte sich Beauty mit gespitzter Oberlippe an ihrer Weste zu schaffen. Blitzschnell hatte sie einige Karotten nebst Zuckerstückchen aus der Tasche zutage gefördert, die in die tiefe Einstreu fielen. Bevor Tanja einschreiten konnte, hatte sich Beauty bereits eiligst die Leckereien einverleibt. Tanja seufzte ein weiteres Mal. Allmählich war sie schon gespannt, was heute noch so alles auf sie zukommen würde. Aber jetzt erstmal einen groben Schnellputz über das samtene Fell ihrer Lieblingsstute, eilends satteln und auftrensen, in Begleitung der freudig jaulenden und um sie herum springenden Hunde in den Hof zum Aufsteigen an der Brunnenmauer. Und dann - frei!

Mit durchhängenden Zügeln ließ Tanja die Vollblutstute nach links Richtung Meer in die Allee abbiegen.

Dort war es noch ziemlich frisch, und Beauty quittierte dies augenblicklich mit einigen übermütigen Schreckenssprüngen vor höchst lebendig anmutenden Schatten. Aber sie ließ sich sofort immer wieder einfangen und beruhigen, das Übliche eben. Die Hunde waren weit voraus und Tanja hatte auch kein Bedürfnis, sie ständig zu kontrollieren. Den Gedanken nachhängen konnte sie mit einem solch lebhaften Pferd unter sich allerdings auch nicht. So genoss sie das Raunen des Windes in den Zweigen mit dem hellen Frühlingsgrün über sich, und den Duft der erwachenden Natur.

Gelöst und eins mit ihrer Stute traf sie unten am Meer ein, nachdem sie sich schon lange vor der Abzweigung für den linken Strand, an dem man Ewigkeiten galoppieren konnte, entschieden hatte. Bevor sie allerdings die Zügel aufnehmen konnte, hatte Beauty bereits den Vorteil genutzt und sprang begeistert, natürlich ohne jegliche Aufforderung abzuwarten, in den Galopp. Mit riesigen Sätzen jagte sie auf die heranbrechenden Wellen zu und stob dann mit fliegender Mähne und wehendem Schweif in einem immer höher werdenden Tempo die Küste dicht am Meer entlang. Sand und Wasser schaufelten nach allen Seiten, und Tanja ließ sich von der Lebensfreude ihrer Stute anstecken. Mit einem lauten Jauchzer warf sie die Zügel auf den Hals, und streckte jubelnd die Arme gen Himmel. Nach einiger Zeit ermüdete Beauty, fiel in den Trab, schließlich in den Schritt, und ließ sich gerne zum Heimkehren überreden.

Statt am Strand zurückzureiten, nahmen sie nun den Weg landeinwärts und kehrten weit hinter den ausgedehnten Koppeln, die noch taunass in der Morgensonne glänzten, zur Anlage zurück. Die Hunde hatten sie mittlerweile wieder eingeholt, mit hechelnden Zungen trabten sie voraus. Dann und wann sprangen sie im Zickzack einer Maus hinterher, ohne jedoch großes Jagdglück zu haben.

Beautys dampfendes Fell hüllte Tanja in eine Wolke aus Glückseligkeit und Pferdegeruch. Ihr Geruch. Ihr Leben. Zeit für Gedanken. Für tiefe Dankbarkeit der Allmacht gegenüber. Wie immer man es auch betiteln wollte. Jedenfalls genoss Tanja diese intensive Zweisamkeit mit Beauty so bewusst wie selten zuvor.

In der Ferne sah sie die Dächer der beiden Reithallen glänzen. Rechts daneben zog sich hinter einer weiten Ebene ein Gebirgszug mit blau schimmernden, schneebekränzten Gipfeln dahin. Dankbar krallte sich ihre rechte Hand in die Mähne ihrer Stute.

›Und niemand kann mir nehmen dies
Geschenk, das mir der Himmel ließ.‹

Erinnerungen überrannten sie nun. Wie sehr sie dieses Land liebte. Vor vier Jahren hatte sie es noch nicht einmal gekannt. Da gab es nur diesen Traum von einer Reitanlage am warmen Meer. Alles weitere war vage. Reitunterricht? Für wen? Italienisch sprach sie zwar passabel, aber nicht gut genug für den Unterricht - dafür war sie zu perfektionistisch. Verkaufspferde? Wer sollte bei ihr Pferde kaufen, in einem fremden Land, wenn es in Deutschland ebenso gute gab? Und die Turniere hier waren nicht vergleichbar. Verleihpferde für Touristen? Undenkbar, die geliebten Wesen fremden Menschen anzuvertrauen! Was aber dann?

Dann kam erst einmal Max. Max, der große weltgewandte Unternehmer, den sie zufällig während eines Urlaubs in Südamerika kennenlernte. Der Flug hatte auf der Rückreise eine Verspätung, die Verspätung stellte sich als längerfristige Panne mit Bedarf an Ersatzteilen heraus, die erst aus Europa eingeflogen werden mussten, und die Fluggäste wurden in ein schönes Hotel nahe der chilenischen Küste verfrachtet.

Als Tanja an der Rezeption eingebucht hatte, wollte sie seitwärts den Schalter verlassen. Da stand aber schon jemand. Autsch! Hastig entschuldigte sie sich bei dem Mann, dessen Fuß ihr Absatz gerade durchlöchert hatte. Beinahe wäre sie auch noch gestolpert, aber der Arm des Fremden konnte sie stützen. Was für Augen! Und dieses Lächeln. Naja, etwas arrogant und schmerzverzerrt, aber trotzdem. Süß! Nur weg hier, das hatte ihr gerade noch gefehlt. Ein Flirt am letzten Tag, genau genommen in der Abflugphase. Das konnte ja nicht gutgehen. Flüchtig nickte sie ihm zu, dann schritt sie erhaben davon. Ein bisschen mit den Hüften ausholen konnte trotzdem nicht schaden, oder? Etwas außer Atem - weshalb nur? - kam sie in ihrem Zimmer an.

Nachdem sie sich für die Nacht eingerichtet hatte, warf sie einen Blick auf die Uhr, dann in den Spiegel. Dann in ihre Kosmetiktasche. Etwas nachlegen war doch angemessen. Nur nicht zu dick auftragen! Und das kurze dunkelblaue Kleid mit dem verführerischen Ausschnitt, dazu die neu erstandenen Schuhe. Vielleicht, ja vielleicht sah er sie beim Abendessen. Oder danach in der Bar. Auf einen Drink. Oder zwei.

Es wurden wenigstens vier. Irgendwann hatte sie aufgehört zu zählen.

Kaum schloss sie die Zimmertür hinter sich, stand er schon vor ihr. Zwei Türen weiter war er untergebracht. Ganz Kavalier begleitete er sie zum Speisesaal - sie hätte so schnell nicht hingefunden, Hunger hin oder her. Und das, obwohl sie ihm bereits ein zweites Mal auf den Fuß gestiegen war, als sie elegant einer der Putzfrauen ausweichen wollte, die gerade einen Trolley den Gang hinunterschob. Hm, mit elegant klappte es heute wohl nicht so ganz. Glücklicherweise war es dieses Mal der andere Fuß. Dummerweise waren es höhere und damit spitzere Absätze.

Tapfer über die Schmerzen hinweg lächelnd stellte er - durchaus treffend - fest: »Scheint, als ob Sie auf mich stehen. Ich heiße übrigens Max. Jetzt würde ich doch zu gerne wissen, mit wem ich es zu tun habe?«

»Tanja. Tanja Beckert. Es tut mir wirklich von Herzen leid. Das mit Ihren Füßen meine ich. Aber vielleicht stellen Sie sich ja auch absichtlich in meinen Weg und wollen von mir auf die Füße getreten werden?« Provokativ schüttelte sie sich die blonde Mähne aus dem leicht errötenden Gesicht in den Nacken.

Er grinste. Was für ein Mund! Und er wusste sicher,

wie er auf Frauen wirkte! Ganz kühl bleiben. Sachlich fragte sie ihn, ob er den Weg zum Speisesaal kenne. »Ich habe unten im Foyer ein Hinweisschild gesehen. Lassen Sie uns doch gemeinsam gehen. Oder haben Sie schon eine Verabredung?«

Himmel, was sollte sie darauf antworten? Dass sie seit Jahren darauf hoffte, eine derartig männlich-markante Offenbarung kennenzulernen? Lieber nicht. Oder doch. »Ich wollte schon immer mal mit einem Mann wie Ihnen in einem unbekannten Hotel an einem ungeplanten Abend Essen gehen. Voraussetzung dafür ist eine hohe Schmerzgrenze. Die scheinen Sie ja zu haben. Also gehen wir!« Damit drehte sie sich um und er starrte ihr kurz verblüfft hinterher.

Mit wenigen Schritten hatte er sie eingeholt. »Habe ich Ihnen eigentlich etwas getan? Oder sind Sie immer so - mh - heftig?«

Ja, er hatte. Dunkelblaue Augen, mittelblonde Haare, ein Grübchen über dem formschönen Mund, ein fast athletischer Körperbau und zu allem Überfluss noch geschmackvolle Kleidung, die ein gehöriges Maß an Geld vermuten ließ. Kurz - eigentlich außer Reichweite. Aber - hier und jetzt - eigentlich auch in ihrer Hand. Warum also nicht?

»Ich habe Hunger. Und wenn das eine gewisse Zeit anhält, neige ich zu leichter Aggressivität. Das hat nichts mit Ihnen zu tun. Kommen Sie, lassen Sie uns schon gehen!« Charmant strahlte sie ihn an. Leichtfüßig und wieder unter vorsichtigem Einsatz ihrer Hüften lief sie den Gang hinunter. Menschenskinder, er machte sie wirklich verlegen bis zum Rand der Unhöflichkeit. Wie konnte er dies nur erreichen? Höchste Vorsicht war da geboten!

»Tanja. Tanja? Das Foyer liegt in dieser Richtung. In Ihrer Richtung geht es nur auf einen Hinterhof, in dem Mülltonnen stehen.«

Mist. Da konnte sie nach ihren Ausführungen über die fatale Wirkung von Hunger auf ihre Psyche wohl kaum mit dem Pfadfinder-Argument kommen, die Hotelanlage mal aus verschiedenen Blickwinkeln zu betrachten. Schon wieder leichtes Erröten. Wurde das heute Abend zum Dauerzustand? Sie wollte ihn doch beeindrucken!...

»Woher wissen Sie das? Haben Sie sich etwa schon verlaufen?«

»Nein, ich war mal bei den Pfadfindern, und sehe mir gerne alles unter verschiedenen Blickwinkeln an.«

? Moment mal?

Er fasste sie ganz gentlemanlike, wie sie es nur aus Filmen kannte, unter ihren Ellbogen und dirigierte sie auf sanfte Weise Richtung Foyer.

»Wie war das mit den Pfadfindern? Ich meine, ich wollte Ihnen gerade eine nahezu gleiche Antwort geben.« Sie begann zu lachen, er sah sie an und stimmte mit ein.

»Das ist nicht Ihr Ernst, oder? Ich hatte gedacht, ich könnte Sie mit einer tapferen Kindheit beeindrucken, und Sie haben das selbst erlebt? Bei welchen Pfadfindern waren Sie denn?«

Das Verhältnis zwischen den beiden begann sich durch das gemeinsame Lachen und die nun folgende Unterhaltung deutlich zu entspannen. Beim Essen, durchaus gute Qualität in staunenswerter Menge, sprachen sie zwanglos über Tanjas Beruf in der städtischen Sparkasse, die vielen Geschäftsreisen von Max als Selbständigen, Vorlieben zu Musik, Literatur, Architektur, Kunst, was sie an ihren Freunden schätzten, über Erlebnisse in der Kindheit und mit jedem Satz schien sich das gegenseitige Mitteilungsbedürfnis und auch die Freude am Zuhören der Geschichten des anderen zu erhöhen. Also folgte zwangsweise die Fortsetzung des Austausches in der Bar am sternenbeschienenen Meer. Wie romantisch! Die Bäume wiegten sich knisternd im frischen Wind, die Wellen rollten träge am Strand aus und irgendwann berührte Max wie zufällig ihren Arm. Er beugte sich zu ihr und...

Ein unerwarteter Sprung zur Seite ließ Tanja blitzschnell und unerwartet wieder in die Gegenwart zurückkommen. Fast, ja fast hätte Beauty es dieses Mal geschafft, sie aus dem Sattel zu katapultieren. Fluchend schossen ihre Hände die Zügel entlang, um die übermütige Stute etwas unsanft wieder durchzuparieren und auf den rechten Weg zurückzuführen.

Oh, sie waren doch schon ganz schön weit gekommen, während sich Tanja in wunderbaren Erinnerungen verloren hatte! Direkt vor ihnen befand sich die weiße Umzäunung der sandigen Rennbahn, die den weitläufigen Springplatz mit dem leuchtend grünen Rasen umgrenzte. Die bunten Hindernisse mit den abwechslungsreichen Fangständern glänzten noch mit Tau. Wieder ein liebevoller Blick Tanjas. Alles, was sie sich erträumt und woran sie geglaubt hatte, war nun Wirklichkeit geworden. Wäre sie nicht unter Zeitdruck gestanden, sie hätte der Versuchung nicht widerstehen können, noch über ein paar Hindernisse zu setzen. So aber wendete sie seufzend den Blick von dieser Versuchung ab, mit dem leisen Hintergedanken, vor dem Essen doch lieber zu reiten statt den Umgang mit dem neuen Computer zu lernen...

Nun ritten sie an dem frisch planierten großen Dressurviereck vorbei, das zwischen den beiden Reithallen lag. Stanis, der polnische Bereiter, kam gerade mit einem jungen Pferd auf den Platz. Mit großen Augen musterte der braune Wallach die Blumenkästen, die hinter der weißen Abgrenzung standen.

»Guten Morgen, Stanis, na, ist das Kerlchen heute das erste Mal hier draußen?«

»Hallo Tanja, ja, es wird mal Zeit, dass er was anderes sieht. Deine ersten Leute sind schon da. Im Schulstall. Wann fangt ihr an?«

»Wie üblich am ersten Montag um zehn. Aber wir sind heute mit den beiden Gruppen vormittags nur auf den Weiden. Am Nachmittag wird es dann ernster. Da brauche ich wieder deine Hilfe. Zwischen drei und fünf Uhr. Peter und Erik sollen sich auch bereithalten. Also, bis später. Viel Spaß euch beiden!«

Mit diesen Worten ritt Tanja durch die Bogenreihen, die die überdachte Verbindung zwischen den Reithallen darstellten. Kaum war sie auf der Rückseite des Brunnens angelangt, kam tatsächlich auch schon die erste der neuen Schülerinnen auf den Hof spaziert.

»Guten Morgen, wie schön, Sie zu sehen! Ist das Ihr eigenes Reitpferd? Eine echte lackschwarze Schönheit! Ist das ein Bub oder ein Mädchen?«

»Hallo Elinor, das ist Beauty. Um genau zu sein: Midnight Beauty. Sie ist eine Stute. Ihre Eltern sind Rennen gelaufen, deshalb ist sie auch ziemlich temperamentvoll. Ich bringe sie nur schnell in den Stall und versorge sie. Wieviel Zeit habe ich denn noch?« Ein schneller Blick auf die Armbanduhr ließ sie die Frage selbst beantworten. »Noch zwölf Minuten, das wird knapp. Aber keine Angst, ich bin rechtzeitig da, und wir treffen uns hier am Brunnen.«

Vor dem Stall angelangt, sprang sie elegant aus dem Sattel und zog Beauty eilends hinter sich her. Schnell absatteln, die Gamaschen herunterziehen, der Stute die Beine abspritzen, in die Box und Trense abnehmen, dann alles aufräumen und eine Schippe Hafer als Dankeschön für den herrlichen Ritt. Puh, trotzdem war es den Aufwand wert gewesen!

Genau auf die Minute kam Tanja am Treffpunkt an. Dort warteten bereits die beiden Gruppen auf die gemeinsamen eineinhalb Stunden auf der Weide. Sechs Frauen zwischen 25 und 45 Jahren, dazu zwei Mädchen im Alter von 16 Jahren.

»Hallo allerseits und guten Morgen! Ich hoffe, euch geht es allen gut und ihr habt gestern Abend nicht allzu sehr den süffigen Landwein genossen!«

Von allen Seiten antworteten die Teilnehmerinnen, einige zeigten grinsend auf Elinor und Samantha, die beiden ältesten der Truppe. Aha. Das passierte meistens... Warum immer die Ältesten? Waren sie bereits so frustriert von sich und ihrem Leben, oder mussten sie sich selbst beweisen?

Na, egal, jetzt gingen sie erst einmal außen am Privatstall vorbei und dann den Wiesenweg zwischen den Koppeln entlang. Die Sonne wärmte mittlerweile schon kräftig, und die ersten zogen sich die Pullis und Jacken aus. Auch Tanja reckte blinzelnd ihr Gesicht der Sonne entgegen. Ein guter Grund mehr, hier in Italien zu leben! Sie lugte vorsichtig unter ihren dichten Wimpern auf die winterblassen Gesichter ihrer Schüler. Ja, wahrhaft, ein guter Grund...

Die Gespräche verliefen noch etwas verhalten, aber das legte sich in der Regel bereits am nächsten, dem zweiten Tag.

Der Kursauftakt begann Sonntag nachmittags mit dem Vorstellen und Vorreiten der einzelnen Teilnehmer. Die meisten wurden vom 42 Kilometer entfernt liegenden Flughafen abgeholt, einige kamen mit dem PKW. Am ersten Vormittag sollten die Schüler sich Zeit nehmen, Pferde auf der Weide zu beobachten. Diese Erkenntnisse wurden in der Runde diskutiert. Am Nachmittag standen die Reitstunden auf dem Programm, und vom zweiten Tag an war es abhängig von den Fähigkeiten - und auch Wünschen - der Teilnehmer, ob es ganztägig mit Reiten oder aber vormittags mit Arbeiten und Beobachtungen rund ums Pferd weiterging. Meistens war letzteres der Fall, so wohl auch dieses Mal.

Tanja blieb schließlich an einer Koppel stehen, auf der zwölf Pferde grasten. »Warum gehen wir nicht sofort hinein?«, fragte eine junge Frau mit blonden Locken. Melanie hieß sie und hatte noch nicht viel Erfahrung mit Pferden.

»Warten Sie einen Augenblick ab und dann sehen Sie es. Ist jemanden von euch etwas aufgefallen, während wir hierher gekommen sind?«

»Ja, die hatten uns schon die ganze Zeit im Blick.« Julia war eines der beiden Mädchen, die von dem Vater ihrer Freundin, Andrea, in einem großen dunkelblauen Mercedes hergebracht worden waren. Kurze, rote Haare standen in alle Richtungen und gaben ihr fast einen Heiligenschein. Ein pfiffiges Mädchen, das gut beobachten konnte.

»Stimmt, Du hast vollkommen recht. Und da es sich hier um Pferde handelt, könnt ihr sicher sein, dass sie auch bald vorbeikommen werden.«

Vorsichtshalber trat Melanie zwei Schritte zurück, als sich tatsächlich die Köpfe der Pferde hoben, und sie gemächlich an den Zaun herantrotteten. Drei andere Teilnehmerinnen brachten sich ebenfalls lieber in Sicherheit. Die beiden Mädels aber blieben mit Tanja und zwei hochgewachsenen Frauen am Gatter stehen, um die weichen Nasen der neugierigen Pferde zu liebkosen und die Hälse unter den Mähnen zu kraulen. Da es offensichtlich außer Zärteleien keine Probleme gab, kamen nun auch die restlichen Teilnehmerinnen wieder näher heran und machten teilweise ihre ersten Erfahrungen mit der Ausgabe reichhaltiger Schmuseeinheiten.

Tanja war zurückgetreten und betrachtete genau das Verhalten ihrer zweibeinigen Schützlinge ebenso wie das ihrer vierbeinigen. Nach einer Weile klatschte sie in die Hände, und rief laut: »So, jetzt müsst ihr euch losreißen. Wir setzen uns hier auf die kleine Anhöhe, dort sind auch Bänke, und legen los mit unseren - stillen - Beobachtungen. Merkt euch möglichst alles, was euch so auffällt. Ihr könnt euch auf ein Pferd konzentrieren oder aber die Gesamtheit der Herde betrachten. Wichtig ist, dass ihr dabei wirklich still seid und die anderen nicht mit euren Gedanken stört! Später besprechen wir dann eure Ergebnisse.«

Sie führte die etwas widerstrebende Schar von dem Gatter fort, auf die eigens dafür aufgeschüttete Terrasse. Tanja war sehr stolz auf diese, denn so konnten alle problemlos die Pferde beobachten. Für heiße Tage gab es auch zwei große Schirme, die jetzt aber noch nicht benutzt wurden. Dafür war der Luxus der Märzsonne viel zu groß. Einige zückten bereits die mitgebrachten Schreibunterlagen, als Andrea nach dem Alter der Pferde fragte.

Lächelnd antwortete Tanja, das dies ebenfalls unter das Thema Beobachtung falle.

Als sich alle mehr oder weniger geräuschvoll niedergelassen hatten, warf sie wieder einen kurzen Blick über die Teilnehmerinnen. Gedankenverloren blickte sie dann der Herde hinterher, die sich nun etwas vom Zaun entfernte, nachdem die Attraktion in Menschengestalt in unerreichbare Ferne gerückt war. Sie nahm ein paar tiefe Atemzüge und entspannte sich. Alles easy going, alles gut. Gelegentlich war sie doch ein wenig aufgeregt.

Während sie die Sonne, den Wind und den herrlichen Pferdegeruch genoss, blickten um sie herum aufmerksame Augen angestrengt auf die glänzenden Leiber der Pferde. Hoffentlich interpretierten sie nicht zu viel... Julia und Andrea gefielen ihr richtig gut, auch die beiden Damen, die ebenfalls von Anfang an am Zaun gestanden hatten. Die eine hieß Kathrin, und die andere? Herrjeh, da war ihr schon wieder der Name entfallen. Die Eselsbrücke. Sandro Hit, der bekannte Dressurvererber. Ja, Sandra hieß s.... - aaah, nicht schon wieder! Mann, tat das weeeehhhhhh! Das rechte Bein schoss nach vorne, und Tanja kippte nach links. Glücklicherweise war diesmal nichts im Weg, vor allem keine der Teilnehmerinnen. Die waren allerdings alle erschrocken aufgesprungen und standen nun um sie herum.

»Nur ein Muskelkrampf, keine Aufregung! Ich muss nur mein Bein etwas strecken, und dann geht es gleich wieder. Man könnte auch von einer Reiterkrankheit sprechen, weil sich bestimmte Muskelgruppen zwangsweise verkürzen, wenn man nicht den entsprechenden Ausgleichssport betreibt. Dafür aber haben die meisten Reiter keine Zeit. Ich zumindest nicht. Das mit den Krämpfen passiert mir häufiger. Ist schon wieder besser. Laßt euch bitte nicht weiter stören, es ist mir sehr peinlich!«

Elinors rauchige Stimme erklang beruhigend an ihrer rechten Seite. »Ja, das ist kein Beinbruch. Schon gar nicht muss es Ihnen peinlich sein. Aber Sie sagen, Sie hätten desöfteren einen Muskelkrampf? Vielleicht würde es Ihnen helfen, mehr Lebensmittel mit Magnesium zu essen! Oder Schüssler-Salze.«

Da war es wieder. Magnesium. Und Schüssler-Salze. Und…

Die füllige Frau beugte sich zu ihr herunter und murmelte leise in Tanjas Ohr: »Was hindert Sie daran, Ihre Träume weiterzuverfolgen? Bisher waren Sie doch hocherfolgreich. Warum haben Sie nun Angst vor dem Neuen, dem Unbekannten?«

Damit erhob sich Elinor anmutig und glitt auf ihren alten Platz auf der Bank zurück.

Die Schülerinnen vertieften sich wieder in die ruhig grasende Herde, zwei der Tiere begannen zu spielen.

Tanja war verblüfft. War das vielleicht die Erklärung für ihre ewige Unruhe? Sie hatte das Gefühl, auf der Stelle zu treten, nicht weiter voranzukommen. Sicher war sie hier glücklich, mehr als das. Ihre Träume waren Wirklichkeit geworden. Noch dazu in welch berauschender Weise! Aber es stimmte schon, irgendwie war sie im Stillstand gefangen. Dieses Gefühl behagte ihr in keinster Weise! Aber die Frage, die sie sich nicht beantworten konnte, war, was sie eigentlich sonst noch wollte. Es war nicht greifbar. Vorhanden, doch ein Schemen. Nebel. Nichts. Oder doch nicht nichts? Tanja versuchte sich wieder zu entspannen. Aber die Stimme war nun da. Und wühlte sie innerlich auf. Nichts mit Entspannung. Im Gegenteil, die Spannung stieg. Dieses Stochern im Nebel, diese Fragen ohne Antworten.

Doch offensichtlich gab es welche. Elinor ahnte etwas davon. Mal abwarten, was diese Frau noch zu sagen hatte. Irgendwie hatte Tanja das Gefühl, dass es eine ganze Menge war.

Nach einer guten halben Stunde Grübelns klatschte sie in die Hände und etliche erwartungsvolle Köpfe wandten sich ihr zu. Nicht nur die Teilnehmerinnen, auch die Pferde starrten sie nun an. Sich dessen voll bewusst, stellte Tanja sich grinsend zwischen Menschen- und Pferdeherde.

»So, nun habt ihr alle ein wenig Zeit gehabt, euch einmal - ich nenne es geistig - mit den Pferden zu verbinden. Ich möchte nun von euch wissen, was ihr beobachtet habt und zu welchen Schlüssen ihr gekommen seid. Wir fangen hier vorne bei Melanie an, und gehen dann im Kreis. Erst wird das Erlebte von jeder einzelnen erzählt und wenn wir alle durchhaben, sprechen wir über die Gemeinsamkeiten und die Unterschiede, die ihr erkannt habt.«

Melanie errötete, dann meinte sie: »Naja, ich bin ja noch nicht wirklich lange in der Reiterei. Als Kind habe ich es mir immer gewünscht und jetzt kann ich es mir endlich leisten. Deshalb erwartet bitte auch keine professionelle Analyse, das kann ich leider nicht.«

Zwei weitere Köpfe nickten. »Also, ich denke, dass die Pferde hier eine eingeschworene Gemeinschaft bilden und schon wissen, dass immer wieder neue Leute kommen, um sie zu beobachten. Das macht ihnen nichts aus und vielleicht finden sie es sogar ganz lustig. Das braune kleine Pferd da«, sie deutete auf das gutmütige Pony Lisgast, »will wohl lieber alleine sein. Vielleicht wird es auch ausgestoßen. Die beiden Wilden da«, sie zeigte auf die jungen Wallache Sammour und Deldrin, »möchte ich lieber nicht näher kennenlernen. Sie kämpfen jetzt schon die ganze Zeit und hören nicht auf, sich zu jagen. Der Rest hat ganz schön Hunger. Die lassen sich von niemandem aus der Ruhe bringen. Wenn die beiden Wilden zu nahe kommen, hält das goldene Pferd dort«, ein Zeigefinger deutete auf die in der Tat goldglänzende Fuchsstute Marbella, »die Rabauken mit aggressiven Gesten auf Abstand. Aber die kapieren das offensichtlich ganz gut. Zumindest hat sich keiner der beiden mit ihm angelegt.«

»Stimmt«, nickte Tanja zufrieden, »das ist schon mal eine ganz gute Zusammenfassung über das Herdenverhalten. Andrea, was meinst du denn?«

Auch das Mädchen wurde erst einmal rot und räusperte sich. ›Klar‹, dachte sich Tanja, ›sie ist deutlich jünger als der Rest, mal von ihrer Freundin abgesehen.‹

»Ja, ich denke, dass Melanie Recht hat. Allerdings ist der Fuchs eine Stute und so wie es aussieht, die Leitstute der Herde. Die beiden Wilden dürften noch ziemlich jung sein.«

Aufmunternd nickte Tanja und Andrea fuhr etwas selbstbewusster fort: »Die sechs ruhigeren Herdenmitglieder gehen der Fuchsstute immer aus dem Weg, zumindest beobachten sie genau, was ihre Chefin so treibt. Alle Pferde sind gut bemuskelt und nicht fett, außerdem haben sie noch leichte Schweißabdrücke vom Sattelzeug. Also werden sie auch geritten. Vermutlich sind es unsere Schulpferde?«

Tanja lachte, sie hatte sich in Andrea tatsächlich nicht getäuscht. Ein Pferdemädchen durch und durch, hoffentlich auch eine Bereicherung für die Gruppe. Manchmal reagierten die Erwachsenen doch etwas merkwürdig, wenn ihnen ›Kinder‹ so weit voraus waren.

»Super festgestellt, das muss ich sagen. Jetzt bin ich doch gespannt, was du so weißt, Julia!«

»Eigentlich das Gleiche wie Andrea. Vielleicht sollte man noch sagen, dass es sieben Wallache und fünf Stuten sind. Ein Haflinger, ein Pony, ein Spanier, der Rest Warmblutpferde. Ich denke, dass sie alle vom Alter her unterschiedlich sind. Die beiden verspielten Wallache sind noch ziemlich jung und beim Rest bin ich mir nicht sicher. Die Fuchsstute muss auf jeden Fall schon erfahren und älter sein, sonst wäre sie nicht die Leitstute und die Herde würde ihr nicht vertrauen.«

»Spitze, ja, du hast vollkommen recht. Nun Sie, Samantha!«

Die schlanke Frau meinte, ihre dunklen langen Haare zurückwerfend: »Naja, zweifelsohne sind alle Pferde gut gepflegt und wohlgenährt. Sonst würde ich auch sofort nach Hause fahren. Aber mir gefällt das Verhalten des braunen Ponys dort drüben nicht. So, als ob sie gar nicht da wäre. Ist sie eventuell krank? Sie hält von allen Abstand, und wenn die beiden Jungen sie ärgern wollen, dreht sie sich einfach um und geht weg. Wollen Sie nicht etwas unternehmen? Den Tierarzt holen oder so? Warum sind die ganzen Pferde übrigens hinten nicht beschlagen? Wir reiten doch wohl auch aus?«

Provokativ starrte Samantha, augenscheinlich die älteste Teilnehmerin, die Kursleiterin an. Tanja überwand schnell das krampfartige Zusammenziehen ihres Magens. Diese Frau kannte sich gut genug aus und schöpfte daraus das übersteigerte Selbstbewusstsein, alles über Pferde zu wissen. Solche Leute kamen in nahezu jeder Gruppe vor.

»Als erstes, nein, das Pony, das übrigens Lisgast heißt, ist nicht krank. Es besteht also auch nicht die Notwendigkeit, einen Tierarzt zu rufen. Die Pferde sind deshalb hinten nicht beschlagen, da sie jeden Tag in der Herde auf der Koppel verbringen und es viel zu gefährlich wäre, da sie nunmal gelegentlich ausschlagen und sich dabei gegenseitig verletzen könnten. Das hält uns aber nicht vom Ausreiten ab.« Freundlich lächelte sie die Frau an, mühsam den Impuls unterdrückend, einen Nachsatz hinzuzufügen. Dass Samantha keinen Wanderritt-Urlaub mit stundenlangen Touren gebucht hatte, wusste sie ja wohl selbst. Außerdem hatte sie gerade eben mit Melanie, Mareike und Elinor die Herde erst einmal aus sicherer Entfernung betrachtet. Das sollte sie sich merken.

»Äh, also das mit dem Ausreiten, das muss aber nicht unbedingt sein, oder?« Mareike, die bisher mit Pferden noch gar nichts zu tun gehabt hatte, wandte Tanja ihr schreckensbleiches Gesicht zu. Sie sah ein bisschen aus wie eine graue Maus: klein, zurückhaltend, unauffällig gekleidet. Ein wenig beige, ein wenig braun und etwas grau. Tarnfarben.

»Nein, nein, Sie wissen doch, dass der Plan hier nach Ihren Wünschen abläuft. Sie brauchen keine Angst haben, dass Ihnen etwas passiert. Soweit wir das hier ausschließen können, versuchen wir, das auch einzuhalten. Wenn Sie wollen, können Sie die Pferde nur beobachten, und wenn Sie Lust haben, auch putzen und pflegen. Alles richtet sich nach Ihnen. Nur sagen müssen Sie uns Ihre Wünsche, damit wir sie entsprechend umsetzen können. Aber was ist Ihnen denn so aufgefallen?«

Mit rotem Kopf zuckte diese ihre Schultern, sichtbar verlegen.

›Am liebsten würde Mareike wohl jetzt in ihrem Mäusebau in der Erde verschwinden. Mal sehen, wie sie sich in den zwei Wochen entwickelt‹, dachte Tanja.

Fragend hob sie ihre Brauen.

»Ich denke, ich schließe mich den anderen an. Mehr habe ich ganz sicher nicht herausgefunden.«

»Okay, wir haben ja auch schon eine ganze Menge. Kathrin, was ist mit Ihnen?«

Auch deren Schultern hoben sich, allerdings in offener Haltung. Mit freundlichem Lächeln winkte sie ab. »Ich fürchte, recht viel mehr kann ich nicht beisteuern.«

»Mir ist aber noch etwas aufgefallen«, meinte Elinor in die Stille hinein. Die Augen aller Frauen wandten sich ihr zu. »Das Pony da, Lisgast. Ist zufällig ihr Freund, ein weißes Pony, vor kurzem aus der Herde weggegangen? Sie trauert nämlich, wissen Sie?«

Bestürzt sah Tanja sie an. »Woher haben Sie das?«

»Sie hat es mir vorhin am Tor gesagt. Sie möchte gerne wissen, wie es ihm geht, und ob das Mädchen, das ihn gekauft hat, gut für ihn sorgt. Ach ja, und sie hätte so gerne wieder ein paar richtig saftige Birnen und schöne reife Bananen.« Lächelnd lehnte sich Elinor zurück und blickte in die Runde.

»Wie war das? Sie hat es Ihnen gesagt??? Sagen Sie bloß, Sie können mit Pferden kommunizieren!«

»Hören Sie, bisher habe ich mich ja nur mit Kleintieren beschäftigt. Mein Mann ist Tierarzt und da habe ich natürlich jede Menge Gelegenheit, mein Wissen zu vertiefen. Tiere sind übrigens ganz tolle Lehrer. Meist sehr geduldig. Manche auch nicht. Aber egal. Jetzt wollte ich mal testen, wie das mit Pferden geht. Deshalb bin ich hier. Da gibt es keinen Unterschied. Macht echt

Spaß. Das sollten Sie auch alle mal probieren.«

Fassungsloses Schweigen antwortete ihr. Für Samantha, die beiden Mädchen, Melanie und Mareike schien es ziemlich klar zu sein, dass Elinor einen an der Klatsche hatte. Höhnisch wandte sich Samantha an die rundliche Frau.

»Ah ja, alles klar. Und die Weihnachtsgeschenke bringt der Nikolaus. Und die Babies der Storch. Haben Sie noch mehr solche Geschichten auf Lager? Wird sicher eine hochinteressante Zeit. Vielleicht sollte ich das alles aufnehmen, und ein Buch darüber schreiben. Urlaub mit der Pferdeflüsterin.«

»Ach, haben Sie gute Ruh, mir gehen die Erlebnisse nicht so schnell aus. Aber vielleicht sollten Sie mal darüber nachdenken, warum Ihr Mann Sie mit seiner Sekretärin betrügt. Ob die Knoten in Ihrem Unterleib mit der ständigen Untreue Ihres Gatten zusammenhängen könnten. Möglicherweise sollten Sie sich endlich trennen, um wieder ein glückliches Leben führen zu können. Aber um wieder zurück auf das Thema zu kommen«, Elinor ließ die nun sichtbar betroffene Samantha mit einem freundlich-beileidsvollen Blick einfach links liegen, »die Pferde sind ausgesprochen glücklich hier. Ihnen bringt die Arbeit mit den verschiedenen Menschen viel Spaß. Allerdings würden sie sich gerne noch mehr einbringen.«

Tanja bekam ihren Mund allmählich nicht mehr zu. Sie musste sich selbst einen Stoß geben, um wieder in ihre Rolle als Kursleiterin zu finden. Zunächst warf sie einen besorgten Blick zu Samantha, die nun bleich und zusammengesunken auf der Bank saß. Abwesend stierte sie vor sich ins Gras. Die anderen musterten neugierig die Gesichter der zurechtgewiesenen Samantha, der sichtlich entspannten und zufriedenen Elinor, und der sich gerade hoffnungslos überfordert fühlenden Tanja.

»Okay, das hat ja jetzt erst einmal für einigen Wirbel gesorgt.« Mühsam versuchte sie, ihre Panik in den Griff zu bekommen. Einfach mal Zeit gewinnen und abwarten. »Es stimmt, das Pony Lisgast trauert tatsächlich um ihren Freund Sundance, einen Schimmelwallach. Vor vier Wochen hat sich ein leicht behindertes Mädchen in ihn verliebt, weil er in nahezu unglaublicher Weise auf sie eingegangen ist. Die Eltern haben das Ganze live mitverfolgt, da sie natürlich ihre Tochter nicht alleine den Urlaub verbringen lassen wollten. Erstaunlicherweise hat das Mädchen auch in körperlicher Weise eine deutliche Besserung erfahren. Deshalb war es eigentlich selbstverständlich, dem Wunsch der Eltern zu entsprechen und Sundance an sie zu verkaufen. Daraufhin haben sie einen renommierten Pferdetransporteur beauftragt, den Wallach an ihrem Abreisetag hier abzuholen und zu sich nach Hause auf eine wunderschöne und moderne Anlage zu bringen. Dort bekommt das Mädchen nun Unterricht von einer Therapeutin. Ich habe schon einige tolle Fotos bekommen. Ihm geht es wirklich gut!«

Tanja warf einen mitfühlenden Blick auf Samantha. Wenn das wirklich stimmte, was Elinor da von sich gegeben hatte, konnte man die Frau nur bedauern. Allmählich hatte sie das Gefühl, dass Elinor in der Tat eine außergewöhnliche Wahrnehmung hatte. Samantha sah aus, als sei sie um Jahre gealtert. Als sie ihr Gesicht hob, um in die Stille hinein zu sprechen, zuckten alle merklich zusammen.

»Elinor, Sie haben Recht. Es tut mir leid, ich wollte Sie eigentlich nicht persönlich angreifen. Oder vielleicht auch doch. Es ist zu meiner zweiten Natur geworden, jeden und alles zu verspotten. Nur, um besser dazustehen. Aber dadurch fühle ich mich nicht besser. Nur mieser. Und so, als würde mir alles zu Recht geschehen. Tut mir leid.« Sie sprang mit einem Schluchzer auf und lief an den Koppeln vorbei in Richtung Wald, der die Anlage vom Meer trennte.

Tanja widerstand ihrem Impuls, der gedemütigten Frau hinterherzulaufen nur deshalb, weil Elinor sie festhielt und sagte: »Sie braucht jetzt Ruhe und Einsamkeit. Ich habe ihr gerade etwas gesagt, was sie tief im Inneren schon wusste. Nun muss sie damit umgehen lernen, wie dieses Verbergen ihre Persönlichkeit verändert hat. Lassen Sie sie in Ruhe, bis zum Mittagessen ist sie wieder da. Aber diese Tränen wollen alleine geweint werden.«

Kopfschüttelnd blickte Tanja der einsamen Gestalt nach, die im Laufschritt bereits den Saum des Waldes erreicht hatte. Das immer lauter werdende Getuschel ihrer Kursteilnehmerinnen brachte sie wieder in die Gegenwart zurück.

»Okay«, sie klatschte in die Hände, »wir machen also weiter und verschonen Samantha mit Fragen, wenn sie wiederkommt, ja?« Sie blickte in die Runde und sieben Köpfe nickten einmütig.

Tanja beschloss, zu einem geeigneten Zeitpunkt bei Elinor nachzufragen, wie sich denn die Pferde noch mehr einbringen könnten. Und was das für eine Andeutung ihrer eigenen Angst vor dem Neuen war.

»Ihr habt die Tiere recht gut beschrieben. Wir bringen sie nun in den Stall, indem wir das Koppeltor öffnen und die Pferde den gewohnten Weg alleine laufen. Da bereits Hafer in den Krippen liegt, wartet die Herde auch brav am Ende des Weges, der, wie ihr vielleicht gesehen habt, ebenfalls mit einem Gatter geschlossen ist. Wer möchte, kann dort eines der Pferde mit Strick am Halfter nehmen und mit ihm in seine Box gehen. Der Rest der Herde wird von den Angestellten und mir in die Stallungen geführt. Wenn alle Tiere aufgeräumt sind, und ihr etwas getrunken habt, geht jede von Box zu Box, ohne die Türen zu öffnen und schreibt sich Notizen zu dem Pferd auf. Schaut auch mal, wer Euch besonders gut zusagt, und warum.«

Kathrin meldete sich nun zu Wort: »Ist das nicht gefährlich, die Pferde so laufen zu lassen? Ich meine, sie könnten doch unkontrolliert losgaloppieren.«

»Im Grunde genommen haben Sie vollkommen Recht, Kathrin. Allerdings ist die Herde gut ausgebildet. Marbella, die Leitstute, läuft hinten und verhindert dadurch, dass sich Pferde zurückfallen lassen. Die Haflinger Stute Annabella führt die Gruppe. Sie duldet nicht, überholt zu werden. Zudem ist sie nicht erpicht auf besonders schnelle Vorwärtsbewegung. Deshalb können wir in aller Ruhe und sicher hinterherspazieren. Es müsste schon ein Düsenjet auf dem Koppelgang zur Landung ansetzen, damit die Pferde hier durchgehen. Noch Fragen?« Tanja blickte in die Runde. Kopfschütteln.

»Gut, dann gehen wir jetzt. Wer sich unsicher fühlt, geht bitte hinten.«

Sie sprang von der Bank auf, die anderen folgten. Julia gab Andrea, die auf dem Boden saß, die Hand und fiel fast hintenüber, als ihre Freundin beim Aufstehen etwas zu viel Schwung aufbrachte. Kichernd kamen sie direkt hinter Tanja her, ebenso Kathrin und Sandra. Die anderen ließen sich etwas zurückfallen, am weitesten Mareike. Dagegen schloss Elinor nun auf.

»Wissen Sie, ich bin nun mal recht neugierig. Nachdem das Pony soviel erzählt hat, bin ich schon ganz gespannt auf die nächsten Dinge!«

Tanja öffnete das Gatter und gestand sich eine ähnliche Spannung ein. Die Pferde trotteten heran. Die jungen Wallache genossen noch ein, zwei Bocksprünge, dann fügten auch sie sich brav ein, nachdem Marbella kurz mit angelegten Ohren giftig in ihre Richtung genickt hatte. Einer hinter dem anderen verließ die Koppel, manche einen fragenden Blick in Richtung Menschen werfend. Für Betteln nach Streicheleinheiten oder Leckereien blieb ihnen keine Zeit, da Marbella zu ihrem

Hafer wollte und energisch von hinten trieb. Unterwegs versuchte das ein oder andere Pferd im Gehen, einen vorwitzigen Grasbüschel zu erwischen. Dahinter lief schwatzend die Menschenschar.

Am Ende des Weges warteten bereits einige Angestellte mit Führstricken, die sie nun in begierig ausgestreckte Hände der Frauen verteilten. Auch Elinor nahm sich einen Strick und wandte sich an Marbella. Leise mit ihr redend, hängte sie den Karabiner in das Halfter. Andrea und Julia hatten sich die beiden jungen Wallache zum Führen erkoren, Melanie nahm Haflinger Annabella.

›Wie passend‹, dachte sich Tanja, ›beide haben blonde lange Locken.‹

Sandra und Kathrin hatten sich zwei hübsche mittelgroße Stuten ausgesucht, nur Mareike verzichtete dankend und lief in sicherer Entfernung der Vierbeiner in der Nähe von Tanja.

Als die Pferde aufgeräumt waren und die Kursteilnehmerinnen sich ausgiebig von den gekühlten Getränken und Süßigkeiten im Seminarraum bedient hatten, ging die Schar, wieder mit Schreibzeug bewaffnet, in den Schulstall. Vor den einzelnen Boxen wurden die geforderten Aufzeichnungen niedergeschrieben; danach gaben die Frauen ihre Zettel bei Tanja ab.

»Super, dann habt ihr jetzt noch etwa vierzig Minuten, bis es Mittagessen gibt. Gleicher Raum wie beim Frühstück. Ihr könnt euch natürlich auch auf die Veranda setzen. Später sehen wir uns um halb drei Uhr wieder hier im Stall zur Vergabe der Pferde. Guten Appetit und ruht euch gut aus!« Mit einem Augenzwinkern fügte sie hinzu: »Es wird anstrengend.«

Während die Teilnehmerinnen in Richtung Künstlerdorf zogen, ging Tanja die Zettel durch. Erst einmal oberflächlich, um einen ersten Eindruck zu erlangen. Dann in Ruhe und ausgiebig, um weitere Manuskripte zu erstellen.

Mit den zusammengerafften Papieren verließ sie anschließend den Stall, um ebenfalls ins Künstlerdorf zu gehen. Sie pfiff die Hunde, die sich den Vormittag über lieber mit den Hornresten des Schmiedes, der heute morgen zum Ausschneiden und Beschlagen auf der Anlage gewesen war, beschäftigt hatten. Gemeinsam schlenderten sie gemächlich den baumbestandenen Weg mit dem herrlich duftenden Holzschnitzelbelag entlang, diesmal in entgegengesetzter Richtung vom morgendlichen Ausritt.

Schon von weitem sah man die kleinen, bunten Häuschen, die sich hinter der Reitanlage auf der Ebene in Richtung Berge befanden. Es gab insgesamt zwanzig würfelförmige Häuser, in denen jeweils ein Schlafzimmer mit zwei Betten, ein Wohnzimmer mit Miniküche sowie ein Bad eingerichtet waren. Vor den Wohnzimmern waren kleine Veranden mit Topfpflanzen angelegt. Dazu kam noch das Gemeinschaftshaus, das deutlich größer, aber ebenfalls nur ebenerdig gebaut war. Hier fanden ein Seminarraum, die professionelle Küche mit Vorratskammer und von dort zugänglichem Keller, die Bibliothek, der Speisesaal mit überdachter Veranda sowie einige kleinere Zimmer Platz, in denen bei schlechtem Wetter verschiedenen kreativen Beschäftigungen nachgegangen werden konnte. Außerdem gab es noch einen Swimmingpool am Rand des Dorfes zur Reitanlage hin, der später im Jahr recht häufig und ausgiebig von allen, nach einem anstrengenden Training oft auch von Tanja, genutzt wurde.

Die Angestellten der Reitanlage lebten zum Teil ebenfalls hier, wie der Bereiter Stanis und die zwei Lehrlinge Peter und Erik. Gärtner, Köchin, Hausangestellte und Stallgehilfen kamen aus den nahegelegenen Dörfern. Auch Marianna, die Haushälterin des Herrenhauses, quälte sich täglich mit einem enorm quietschenden Fahrrad herbei.

Schnuppernd hoben Tanja und ihre Hunde nahezu zeitgleich die Nasen. Tanja musste kichern. Hoffentlich beobachtete sie gerade niemand. Ein Schwall leckerer Luft wehte an ihnen aus den geöffneten Fenstern der Küche vorbei. Die Hunde stoben davon, wohlwissend, dass sie ohnehin keinen Zugang zur Küche hatten. Auch Tanjas Schritt beschleunigte sich angesichts der vorbeiziehenden verheißungsvollen Düfte. Sie meinte, darunter auch die von ihr so innig geliebte Gorgonzola-Sauce zu erkennen.

Bevor sie jedoch die Küche erreichen konnte, trat gerade Samantha aus der Tür ihres Häuschens. Eine gewisse Erleichterung überlief Tanja. Eigentlich hätte sie ein schlechtes Gewissen haben müssen, weil sie sich nicht um ihre Kundin gesorgt hatte, aber das sparte sie sich lieber. Außerdem sah Samantha nun viel besser aus. Um genau zu sein, sogar besser als bei ihrer Ankunft.

»Ich weiß ja nicht, was hier in Ihrer Luft und in Ihrem Essen alles so enthalten ist, aber mir wird vieles klarer. Mal sehen, was für Erkenntnisse in den nächsten zwölf Tagen noch für mich bereitliegen. Tut mir übrigens leid, dass ich einfach so gegangen bin. Aber Elinor hat den Nagel dermaßen auf den Kopf getroffen, dass es in mir einiges zum Überlaufen brachte. Vielleicht sollte ich auch besser sagen, wieder an die Oberfläche gespült, nachdem es lange verdrängt und vergessen war. Jetzt hab ich aber richtig Hunger!«

Mit diesen Worten schloss sie die Tür und zog Tanja in Richtung Speisesaal mit. An der Tür des Gemeinschaftshauses wartete bereits Melanie, die aus der anderen Richtung gekommen war.

»Na, geht es Dir jetzt wieder besser, Sammie? Ich habe mir schon Sorgen gemacht.«

Damit ignorierte sie die Bitte Tanjas, keine diesbezüglichen Fragen zu stellen. Samantha trug es mit Fassung.

»Ja danke, aber darüber reden möchte ich trotzdem nicht. Ich bin nur gespannt, was sich in diesem Kurs noch alles tut. Ich habe das Gefühl, eine ganze Menge!«

Damit sprach sie präzise das aus, was Tanja in aller Stille ebenfalls befürchtete. Etwas Derartiges hatte sie noch nie zuvor erlebt. Ihr schwirrte bereits wieder der Kopf.

Mittlerweile waren sie im geräumigen Speisesaal angelangt. Dieser war ganz im mediterranen Stil eingerichtet. Der Boden war mit gelblichen ungleichmäßigen Natursteinen ausgelegt. Darauf standen einzelne kleine Tische mit jeweils vier Stühlen im Raum; alles massive Möbel mit dunkler Beizung und hell geflochtener Sitzfläche. Blumenvasen mit hübschen Gestecken zierten die Tische. An der Stirnseite des Raumes prangte ein ebenfalls dunkles Buffet, jetzt mit einer hellgelben Tischdecke versehen, worauf eine Auswahl verschiedener Pasta mit einer Vielzahl an Soßen einen unwiderstehlichen Duft verströmte. Tatsächlich, dazwischen erspähte Tanja ihre Lieblingssauce! Durch die Tür neben dem wuchtigen Möbel eilte gerade die Köchin Elvira herein, um die letzten frisch gefüllten Schüsseln mit Tiramisu und Fruchtsalat bereitzustellen.

Tanja kannte keine Umstände; sie ging schnurstracks zu dem Stapel mit Tellern und begann, sich kleine Portionen der verschiedenen Speisen aufzuhäufen. Samantha und Melanie taten es ihr nach, während die Chefin bereits durch die weit geöffneten Türen mit den gelben Vorhängen an den Seiten auf die Terrasse ging. Auch hier war der Boden mit Natursteinen ausgelegt, aber diesmal in einem dunkleren, fast schon orange-roten Ton. Der Blick ging über ein Holzgeländer in Richtung Reitanlage, dazwischen nur ein wenig Ebene und auf der rechten Seite die baumbestandene Allee.

Die meisten Frauen waren schon da und emsig mit Essen beschäftigt.

Elinor winkte sie an ihre Seite. »Hab ich doch extra den Platz für Sie aufgehoben. Na kommen Sie schon, ich beiße nicht. Wenn ich nun hier so etwas Leckeres zu essen erhalte. Da muss ich aber wirklich auf mein Gewicht achten! Und das im Urlaub! Wo haben Sie bloß diese tolle Köchin her? Die müsste ich Ihnen eigentlich fast abwerben!« Sie lachte dabei schelmisch und zwinkerte Tanja zu. Hin- und hergerissen setzte sie sich dann doch an diesen Tisch, an dem auch die beiden Mädchen hockten, die Elinor nun offensichtlich mit anderen, ausgesprochen neugierigen Augen betrachteten.

Am benachbarten Tisch aßen Sandra und Kathrin. Mareike huschte gerade auf die Veranda und setzte sich an einen eigenen Tisch. Als Samantha und Melanie mit hoch aufgetürmten Tellern erschienen, wählten auch sie einen separaten Platz.

Fast war Tanja dann schon enttäuscht, da sich das Gespräch um ganz normale Themen drehte. Sie hätte doch zu gerne soviel mehr erfahren... Andererseits konnte sie sich nun wieder entspannen, und das war ganz gut so.

Nach einigen Minuten erschienen auch Stanis, der Reitlehrer, und seine Lehrlinge Peter und Erik. Während letztere von den beiden Mädchen mit den Augen nahezu verschlungen wurden, lechzten die Damen ganz offensichtlich nach Kontakt mit dem schönen dunkelhaarigen Polen. Dass da nichts passieren würde, konnte sich glücklicherweise keine vorstellen. Stanis war schwul. Und Tanja war sehr froh darüber, diese kluge Wahl getroffen zu haben. Er war nicht nur ein Magnet für Frauen, er arbeitete vor allem sehr gut mit den Pferden. Da er seit seiner frühesten Jugend deutsch sprach, gab es auch keine Verständigungsprobleme.

Bevor Stanis zu ihnen auf die Anlage gekommen war, hatten sie es zunächst mit Andreas, einem hervorragenden Reiter aus Norddeutschland, probiert. Er hatte alles andere als gut ausgesehen. Aber Reiterinnen waren offensichtlich so sehr auf einen der raren Reitersmänner aus, dass sie sich von Äußerlichkeiten nicht abhalten ließen. Obwohl in dem Arbeitsvertrag ganz klar stand, dass die Annäherung an eine Kundin die sofortige Kündigung zur Folge hatte, konnte Andreas der verführerischen Weiblichkeit einfach nicht widerstehen. So gab es alle zwei Wochen ein neues Drama, bis Tanja soweit war, ihn trotz seiner vorbildlichen Arbeit zu feuern. Andreas kam ihr zuvor. Eine sehr betuchte Kundin hatte ihm den Hof gemacht, um seine Hand angehalten und er hatte sich klugerweise für sie entschieden. Das Ergreifen solch einer Chance mochte ihm keiner verübeln. Aber für die Zukunft kam nur noch ein schwuler Reitlehrer in Frage - oder ein Heiliger. Letzteren hatten sie leider nicht finden können. Und ein schöner Mann wie Stanis zog zwangsläufig mehr und mehr Kundinnen auf den Hof. Selbst bei leichtem Geplänkel gab es nie ein Problem mit Handsamkeiten. Das war auch gut so.

Anders die beiden Lehrlinge. Da sie noch unter acht-

zehn Jahre alt waren, konnten die erwachsenen Angestellten ein gestrenges Auge auf sie werfen. Das allerdings wurde mehr und mehr nötig. Tanja überlegte
bisweilen, nur noch Mädchen als Lehrlinge zu nehmen.
Vielleicht beim nächsten Mal…

Nach einer Weile trat schließlich eine etwa vierzigjäh-
rige Frau mit kastanienbraunem lockigem Haar auf die
Terrasse. Mit einem Blick hatte sie Tanja erspäht und
kam strahlend auf sie zu. Diese ließ ihre Augen über
die leergegessenen Teller der Nachbartische schweifen
und erhob sich dann, um ihre Freundin zu umarmen.

»Meine Lieben, ich möchte euch nun wie gestern versprochen Diana vorstellen. Sie ist ebenfalls eine Pferde-
frau und lebt wenige Kilometer von hier entfernt auf
ihrem Hof. Sie hat ihre Pferde bei sich stehen und ist
Malerin. Während eures Aufenthaltes hier ist sie eure
Ansprechpartnerin für künstlerische Fragen. Einige
von euch haben sich ja bereits in die entsprechenden
Listen eingetragen. Und wer sich noch nachträglich
dafür entscheiden möchte, kann uns das jederzeit mitteilen.«

Diana wandte sich mit einem einladenden Lächeln an
die erwartungsvollen Gesichter, die sich ihr entgegen-
reckten. »Ja, wie Tanja schon gesagt hat, bin ich haupt-
beruflich Künstlerin. Nebenbei gebe ich gerne hier auf
dieser herrlichen Anlage Kurse. Morgen während der
Mittagspause erstellen wir ein paar simple Skizzen auf
den Weiden. Dann besprechen wir, was wir weiter machen wollen. Wir können mit allen möglichen Techni-

ken hier arbeiten und Sie können auch gerne neue ausprobieren. Falls jemand theoretischen Hintergrund braucht, findet er ihn in der umfangreichen Bibliothek. Für Fragen bin ich jederzeit zu haben.«

Damit setzte sie sich an den Tisch zu Mareike. Typisch. Sie fand immer die Einsamen unter den Gästen, und konnte etwas von ihrem eigenen Glück an diese abstrahlen. Was für ein Händchen! Ganz nebenbei auch noch gut fürs Geschäft…

Elinor beugte sich zu Tanja. »Ihre Freundin, nicht wahr? Sie passen aber gut zusammen!«

Tanja zuckte erst die Achseln, dann nickte sie lächelnd. »Ja, gesucht und gefunden könnte man da wohl sagen. Diana lebt schon einige Jahre hier. Sie hat einen alten typischen Hof gemietet und ihn so saniert, dass sie sich dort wohl fühlt. Vielleicht nicht der Luxus, den wir hier haben, aber auf eine andere Art wunderschön. Manchmal beneide ich sie sogar darum. Sie hat ihre Pferde am Haus stehen und eine kleine Reitbahn, in der sie arbeitet, wenn sie nicht gerade ausreitet oder hierher zum Trainieren kommt. Sie ist nicht besonders ehrgeizig, sie hat einfach Spaß am Reiten.« Ihre Stimme klang leicht melancholisch, während Elinor sie durchdringend fixierte. Da war es wieder, diese bohrende Unsicherheit. Was fehlte ihr nur? Sie hatte doch alles, was sie sich wünschte. Und doch, diese ganz leise Eifersucht auf das Leben Dianas war nicht zu leugnen.

Während sich die beiden Mädchen erhoben, um von dem reichlichen Angebot an Nachtisch zu holen, sagte

Elinor leise zu Tanja: »Sie würden sich auch gerne so frei fühlen wie Diana, nicht wahr?«

Das konnte durchaus der Wahrheit entsprechen. Soweit wollte sie aber gar nicht denken. Vehement schüttelte sie ihre blonden Haare, und warf der Frau neben sich einen wütenden Blick zu. Wie konnte Elinor nur so tief in sie hineinblicken, tiefer, als sie selbst es schaffte?

»Ich habe alles, was ich mir immer gewünscht habe. Genau so soll es auch bleiben. Ich möchte meine eigene Reitanlage mit hohem Standard. Wie kommen Sie darauf, dass ich neidisch auf Dianas Leben wäre?« Ups, Elinor hatte gar nicht von Neid gesprochen. »Äh, ich meine, ich habe mir die Freiheit doch genommen, mein eigenes Reich so aufzubauen, wie ich es mir erträumt habe. Was ist daran verkehrt?«

Elinor hob kurz ihre Brauen. »Habe ich so etwas gesagt? Aber ich denke, wir sprechen bei einer anderen Gelegenheit darüber, wenn Ihnen daran liegt.«

Mit einem Seitenblick verwies sie auf die herannahenden Mädchen. Dankbar für die Diskretion nickte ihr Tanja zu. Obwohl sie durchaus noch nicht sicher war, auf dieses Angebot eingehen zu wollen. Sie hatte erst einmal das letzte Statement zu verdauen.


Nach dem Mittagessen gingen die beiden Freundinnen gemeinsam zum Herrenhaus hinüber. Diana liebte diesen Anblick sehr, und sie hatte bereits verschiedene Bilder zum Thema gemalt. Einige hatten Interesse bei den Kundinnen gefunden und so erinnerten sie nun in deutschen Wohnzimmern an schöne Aufenthalte im warmen Italien.

»Na, was ist das für eine Truppe? Sieht ja recht durchwachsen aus.«

»Hm, wird interessant. Vor allem die ältere Frau an meinem Tisch. Ich weiß noch nicht, was ich über sie denken soll. Sie behauptet, sie kann mit Tieren kommunizieren. Außerdem wusste sie das über Lisgast. Echt strange, ich kann Dir sagen.«

»Wie, das über Lisgast? Du meinst, sie wusste, dass Lisgast trauert? Na, das habe ich auch mitbekommen.«

»Nein, es ging noch weiter. Sie sprach von Sundance und dem Mädchen, das ihn gekauft hat, und dass er ein Schimmel ist.«

»Vielleicht kennt sie die Leute.«

»Nein, da war noch mehr.« Und so berichtete sie von den merkwürdigen Begebenheiten des Vormittags. Die Erlebnisse bei Tisch ließ sie lieber aus.

Diana war fasziniert. »Samantha ist tatsächlich zum Mittagessen wieder da gewesen? Das ist ja echt unglaublich. Ich will mehr von dieser Elinor wissen.«

»Ja, ich auch. Aber ich habe das dumme Gefühl, dass sie ganz schön in die Tiefe blicken kann.« Um von dem verhängnisvollen Thema abzulenken, erzählte sie ihrer Freundin von dem herrlichen Ausritt am Morgen.

Diana war etwas enttäuscht. »Schade, ich wollte gerade fragen, ob wir später noch ausreiten wollen. Ich hätte gerne Patsy etwas laufen gelassen. Aber alleine strengt sie sich nie an. Da reicht es gerade mal zu einem

Schaukelgalopp am Meer entlang. Manchmal muss es eben Renntempo sein.«

»Diesen Abend möchte ich mich endlich dazu aufraffen, mit Max - wenn er schon mal daheim ist - den neuen Computer einzuweihen. Mich graust jetzt schon davor. Aber irgendwann ist der Zeitpunkt dafür gekommen. Heute sozusagen. Angeblich wird dadurch so vieles einfacher. Sagen jedenfalls alle…«

Diana stimmte lachend ein: »Ja, für den, der ´s kann…«

Ihre Freundin hatte keine Probleme beim Umgang mit Computern. Für sie war es einerlei, ob sie mit einem PC oder einem Mac arbeitete. Viele Programme hatte sie sich selbst beigebracht, und auch die schöne Website von Tanjas Anlage stammte von ihr. Genau genommen hatten sie sich auf diese Weise kennengelernt.

Während das Herrenhaus bereits frisch gestrichen und so renoviert worden war, wie es sich die beiden mittlerweile Verheirateten vorgestellt hatten, wurde die Reitanlage in Angriff genommen. Tanja hatte ganz bestimmte Pläne; dazu gehörten viele schöne Rundbögen in den Reithallen und im Verbindungsgang der Ställe. Der italienische Architekt hatte anfangs verzweifelt seine Haare gerauft, und sich dann - allerdings immer wieder theatralisch lamentierend - in sein insgesamt gütiges und einkommensreiches Schicksal gefügt. Während also Tanjas Reitanlagentraum Gestalt annahm, musste sie über ihre Werbung nachdenken.

Da sie seit einigen Wochen in der neuen Wahlheimat wohnten, kam Tanja auch regelmäßig ins benachbarte Dorf, um ihre Einkäufe zu erledigen. Wie der Zufall es wollte, stand eines Tages eine Frau vor ihr an der Kasse, die sich in zwar fließendem, aber stark deutsch eingefärbtem Italienisch mit der Kassiererin unterhielt. Tanja konnte es kaum abwarten, sie anzusprechen. Warum, wußte sie selbst nicht. Aber es erwies sich als ein durch und durch gütiger Schicksalsstreich.

Die beiden gingen nach Entdeckung der gemeinsamen Heimat und großer Sympathien zueinander auf einen Cappuccino in die nächste Bar am Hauptplatz. Während vor ihnen der wöchentliche Markt in italienischer Heftigkeit tobte, freundeten sich die beiden Frauen in kürzester Zeit an. Tanja erfuhr, dass Diana Künstlerin war und einmal ein Studium in Grafik absolviert hatte. Und - welch ein Glück - sich nun auch gerne bereit erklärte, einen Vorschlag für Tanjas Website zu gestalten.

Der Entwurf wurde ein Volltreffer und Diana arbeitete die Feinheiten aus. Dazu steuerte sie noch eine tolle Werbekampagne für die deutschsprachigen Länder bei - Tanja hatte dabei eigentlich nur an Deutschland gedacht - und half bei der großen Eröffnungsfeier.

Die Freundin hatte außerdem eine Liste mit einzuladenden Persönlichkeiten erstellt, die sich im Nachhinein als absoluter Jackpot erwies. Und zwar nicht nur für Tanja, sondern genauso für Max, der mit der Erstellung von Buchhaltungs-Software für kleine und mittlere Unternehmen weltweit sein Geld verdiente. Er wurde in die für ihn wichtige und richtige Gesellschaft eingeführt und bekam noch am selben Abend den ersten lokalen Auftrag.

Aber auch Diana konnte sich über den Erfolg freuen. Sie hatte nämlich in der großen Reithalle, in der Getränke und ein reichhaltiges Buffet für die Gäste bereitstanden, eine Ausstellung ihrer künstlerischen Werke arrangiert. Für sie ergaben sich ebenfalls einige Verkäufe und überdies neue Bestellungen.

Kurz - dieser Tag hatte einen durchschlagenden und nachhaltigen Erfolg für sie alle mit sich gebracht. In den Tagen der Vor- und Nachbereitung hatte sich die Freundschaft zwischen den beiden fast gleichaltrigen Frauen bedeutend vertieft.

Während Tanja nun die große grüne Türe des gelb getünchten Herrenhauses öffnete, das niemals verschlossen war, und ein lautes Hallo in das Haus rief, schüttelte Diana lachend den Kopf und meinte, dass sie sich so guten Argumenten wohl beugen müsse. Sie würde also dann doch allein im Schaukelgalopp am Ufer entlangplantschen.

Marianna kam mit einem missmutigen Gesichtsausdruck aus der Küche geschlurft. Erst der Anblick Dianas zauberte einen Anflug von Lächeln auf ihr Gesicht. Also gut, man musste schon über etwas Phantasie verfügen, um das Lächeln zu erkennen. Aber zumindest war ihre Laune dann nicht so schlecht, wie es der erste Eindruck erwarten ließ.

»Ciao principessa!« Kurzes, unbotmäßiges Nicken in Richtung Tanja. »Ciao Diana, bella, mia cara! Ich hoffe, Sie reden ihrer Freundin hier mal zu, dass sie ihre Medizin regelmäßig nimmt.« Das Lächeln, das sie nun in Richtung Diana verströmte, war fast schon lieblich. Oder auch verschwörerisch? Na, egal.

»Haben Sie einen leckeren Cappuccino für uns?« Tanja hatte den Eindruck, gegen eine Wand zu sprechen. Diese Wand sprach zwar auch, aber nur zu ihrer Freundin.

»Gehen Sie doch ruhig schon mal auf die Terrasse, ich bringe Ihnen gleich den Cappuccino.« Damit wandte sie sich ab und verschwand wieder in der Küche.

Diana drehte sich zu Tanja um, die Augenbrauen hochgezogen. »Leichte Kampfstimmung, hm?«, flüsterte sie ihr leise zu, während sie durch das lichtdurchflutete mediterrane Wohnzimmer auf die Terrasse liefen.

Tanja grinste erleichtert. Auch Diana war offensichtlich von Mariannas Launen zu beeindrucken. »Naja, ich hatte einen Muskelkrampf. Mehrere diese Woche, um genau zu sein. Marianna hat mir ein paar Tabletten besorgt, Schüssler-Salze. Die hab ich aber vergessen zu nehmen. Heute morgen hatte ich wieder einen, nein zwei Krämpfe. Dabei ist mein Honigbrötchen draufgegangen. Und der Teller. Ein paar andere Sachen auch noch. Auf jeden Fall ist seitdem Mariannas Stimmung etwas - mh - schlecht.«

Diana hatte beim Heraustreten sofort den in ziemliche Mitleidenschaft gezogenen Hibiskus erspäht.

»Grundgütiger, was ist denn mit dem passiert?« Ein kurzer prüfender Blick auf ihre geknickte Freundin ließ sie es sofort erraten. »Aha, ein paar andere Sachen auch noch. Na, der wird ja wohl wieder…«

Mit einem wohligen Seufzer ließ sie sich in die kuscheligen Kissen der Couch auf der linken Seite der Veranda fallen. Tanja warf sich dagegen auf die daneben stehende Schaukelliege und versank ebenfalls in tiefen Polstern.

»Weißt Du, manchmal beneide ich Dich schon um den ganzen Luxus und die Träume, die Du hier leben kannst. Auch auf Marianna bin ich ziemlich oft eifersüchtig. Aber wenn ich dann so ihre Launen erlebe, nein danke!«

Tanja setzte sich verblüfft auf. Diana war neidisch auf sie?! Bei ihr war es genau umgedreht. Merkwürdige Welt…

»Aber Geld ist doch nicht alles!«, protestierte sie.

»Nein, sicher nicht. Aber eine so gemütliche Couch und eine so gute Haushälterin hätte ich halt auch gerne. Na, die Verantwortung kannst Du gerne behalten, das ist nichts für mich.«

»Dafür hast Du die Freiheit, alles zu tun, was Du willst. Wenn Du Lust hast, kannst Du jederzeit wegfahren. Du brauchst Dich nicht um stressige Gäste kümmern, Sorge für die vielen Pferde tragen, und so weiter und so fort.«

»Mit dem jederzeit Wegfahren, das stimmt ja so nicht. Du planst mich schließlich für Deine Kurse ein. Da kann ich nicht kurzentschlossen einfach mal weg. Ich weiß zwar, dass sich da was finden würde, aber ich möchte weder Dich noch Deine Kunden mit meinen Kapriolen enttäuschen. Über den Winter, ja, da kann ich dann schon anstellen, was ich möchte. Aber ich bin doch froh über die Beschäftigung hier, das bringt sicheres Geld. Irgendwann möchte ich mir endlich auch mal so eine Couch kaufen können!« Sie klopfte übermütig auf die Polster, just, als Marianna auf die Terrasse kam, ein vollbeladenes Tablett vor sich jonglierend.

Statt Diana wütend anzufunkeln, wie sie es mit Tanja heute getan hätte, strahlte sie sie an. »So, hier ist der Cappuccino. Lassen Sie es sich schmecken, ich habe noch ein paar Biscotti dazu getan.«

Tanja hielt sich unwillkürlich ihren ohnehin schon bedenklich angeschwollenen Bauch. Ihre Freundin hatte da natürlich keine Probleme, sie hatte auch nicht im Künstlerdorf zu Mittag gegessen.

»Und Sie«, ein anklagender Zeigefinger in Form einer gutgefüllten Wurst richtete sich drohend auf Tanja, »haben Sie Ihre Tabletten schon gegessen? Natürlich nicht, ahnte ich es doch. Da, nehmen Sie! Ich beobachte Sie.«

Tanja nahm schnell die weißen Pillen in den Mund und langte dann nach dem Wasserglas, das neben ihrer Tasse auf dem Tablett stand.

Marianna verschwand mit zufriedenem, siegreichem Gesichtsausdruck durch die Terrassentür. Diana musste mühsam einen Lachkrampf zurückhalten. Mit hochrotem Gesicht duckte sie sich in die Kissen, um sich nicht vor Lachen zu verschlucken.

Tanja schüttelte den Kopf. »Ich weiß auch nicht, manchmal habe ich das Gefühl, von einem Drachen adoptiert worden zu sein. Wie machen das bloß andere Arbeitgeber mit ihren Angestellten?«

Diana tauchte luftschnappend aus den Kissen wieder auf, immer noch hochrot im Gesicht. »Ich weiß nicht, vielleicht hat das ja mit dem Gesetz der Anziehung zu tun.« Sie begann zu kichern. »Wer weiß, was Du schon alles angestellt hast. Jetzt ist ganz offensichtlich die Zeit der Abrechnung gekommen. Los sag schon, was hast Du alles verbrochen?« Sie schüttelte sich wieder vor Lachen.

Tanja zog eine Grimasse, war aber von der durch und durch guten Laune der Freundin infiziert. »Hm, mal überlegen. Außer den paar Leichen im Keller, alles schlechte Liebhaber, liegt eigentlich nichts herum. Und die waren so schlecht, dass es nicht auffällt, dass sie fehlen.« Die beiden lachten laut auf. »Ich habe übrigens den Eindruck, dass Marianna auf Dich steht. Wann immer Du kommst, hat sie eine viel bessere Laune. Ich glaube, das nächste Mal rufe ich Dich schnell zu Hilfe.«

»Wie, Du meinst, dass sie auf mich steht? Denkst Du etwa, sie ist vom anderen Ufer? Außerdem muss sie doch wissen, dass ich von zwei tollen männlichen Liebhabern verwöhnt werde.«

Eines der wohlgehütetsten und bestbekannten Geheimnisse des Dorfes war die Liaison von Diana mit zwei Halbbrüdern aus einem Nachbardorf. Sehr pikant, denn gerade ein Italiener ist im Teilen seiner Frau mit einem anderen Mann alles andere als zimperlich. Statt zu einer großen Blutrache kam es aber im Gegenteil zu einem fast fröhlich zu nennenden Einvernehmen in dieser Dreiecksbeziehung. Wie das Ganze so perfekt funktionierte, war Dianas großes Geheimnis, das sie gelobt hatte, mit in ihr Grab zu nehmen. Selbst ihrer besten Freundin Tanja hatte sie es nicht preisgegeben.

»Um die ich Dich gelegentlich beneide...«

Ups, da war ihr schon wieder etwas unabsichtlich herausgerutscht - ganz gegen ihre sonstige Art. Das wurde fast schon zur Gewohnheit am heutigen Tage. Aufpassen! - lautete da die Devise! Tanja schwor sich blitzschnell, jeden Satz vor dem Aussprechen aufs Genaueste vorher gedanklich zu überprüfen. Und schemenhaft tauchte vor ihrem inneren Auge eine leicht stammelnde, nicht besonders souverän wirkende Frau auf, die mühsam um Worte rang, während die anderen Gesprächspartner schon lange weiter im Thema waren. Dieses Bild war zu komisch und sie musste wieder losprusten. Diana, die kurz wie erstarrt gewirkt hatte, fiel spontan mit ein. Endlich kamen die beiden wieder zu Luft und grinsten sich an.

»Wie die Kinder. Wir sollten uns schämen«, meinte Diana dann. »Aber Lachen ist bekanntlich gesund. Also nur weiter so. Wie war das nochmal mit dem Liebhaber?«

Wäre ja auch zu schön gewesen, hätte Diana den Satz

schlicht in Luft auflösen lassen.

»Muss doch genial sein, schnell mal den Hörer abnehmen, und den Loverboy zu bestellen. Mit Max geht das nicht. Immer ist er ständig unterwegs, und das oft auch noch im Ausland. Ich meine, natürlich nur im Spaß, das hat schon was für sich mit einem Liebhaber. Aber selbstverständlich«, und sie untermalte dies deutlich mit dem rechten Arm, »ist das alles nur hypothetisch und außerdem liebe ich Max viel zu sehr, um fremd zu gehen.« Tanja schüttelte ihre blonden Haare, und konnte eigentlich gar nicht fassen, warum sie sich einen Liebhaber anschaffen sollte. Woher in aller Welt kam dieser Gedanke?

»Na, da bin ich ja beruhigt. Allein die Möglichkeit, dass Du Max betrügen könntest... Nein, das passt so gar nicht zu Dir. Wie kommst Du nur darauf? Bei Euch ist doch alles in Ordnung, oder etwa nicht?«

Nachdenklich blickte Tanja in ihren Cappuccino. Mit dem Löffel malte sie Kreise in den dicken Milchschaum, dann sah sie ihrer Freundin mitten ins Gesicht. »Weißt Du, ich vermisse ihn sehr. Natürlich wusste ich von Anfang an, dass wir uns nicht ständig sehen werden, dass er viel weg ist. Das ist schließlich der Grund, warum er mir meinen Traum erfüllt hat. Ich bin beschäftigt und glücklich, und er hat eine Art Landebasis, wo ich auf ihn warte. Aber wenn er dann da ist, hat er so viel im Kopf, so viele Verpflichtungen und Verantwortungen. Manchmal denke ich, er nimmt mich gar nicht mehr wahr. Es wäre egal, ob er hier ist oder in einem Hotelzimmer in den USA. Ich weiß auch nicht, diese trüben Gedanken haben an einem solchen Tag eigentlich nichts verloren! Lass uns über etwas anderes reden. Zum Beispiel über den schrägen Artikel über Tierkommunikation, den Du mir vor kurzem vorbeigebracht hast.«

Die Augen Dianas schienen sie zu durchdringen. Aber die Freundin respektierte den Wunsch, wieder in den heiteren Bereich zu gelangen. »Das ist echt strange, nicht wahr? Hast Du das gelesen, wie der Hund die übelsten Geheimnisse seines Herrchens einfach so zu dem Tierkommunikator weitergetragen hat? Das wäre mir so was von peinlich…«

»Ja, das ist wirklich heftig! Und die Katze, die alle für taub und blind gehalten haben - was für ein Schock zu erfahren, dass sie alles mitbekommen und auch gleich weitergetrascht hat, an diesen Tierkommunikator! Erst faustdicke Lügen über die heile Welt, in der die Leute leben, und dann das.«

»Na, die haben es wenigstens mit Humor genommen. Aber bei manchem Hund mit entsprechendem Besitzer möchte ich so etwas gar nicht weiterverfolgen!«

»Solche Leute gehen auch erst gar nicht zu einem Tierkommunikator. Was meinst Du, was unsere Pferde wohl über uns zu erzählen haben?« Tanja blickte über den Rand ihrer Tasse zu Diana.

Ja, was würden sie wohl erzählen? Tanja wußte, dass sie versuchte, den Pferden eine möglichst perfekte Haltung zu bieten. Aber Elinor hatte da doch etwas gesagt…

»Weißt Du was, Elinor hat so eine Bemerkung losgelassen. Den Pferden gefällt es hier wohl ganz gut, aber sie möchten sich mehr einbringen. Kannst Du damit etwas anfangen?«

»Richtig, wir haben ja so eine Persönlichkeit hier unter den Gästen. Vielleicht sollten wir heute Abend mal mit ihr ausgehen?«

Tanja schüttelte schreckensstarr den Kopf. Bloß das nicht. Natürlich hatte sie keine Geheimnisse vor ihrer besten Freundin - oder zumindest nur ganz wenige -, aber die kryptischen Bemerkungen von Elinor in Gegenwart der nun ohnehin schon aufmerksamen Diana? Nein danke, lieber zunächst eine zweisame Klärung mit dieser außergewöhnlichen Frau! Vielleicht sollte sie sich erst einmal alles zusammenschreiben, um mit sich selbst ins Reine zu kommen. Und dann allen Mut aufnehmen und mit Elinor darüber sprechen. Anschließend war immer noch Zeit genug, sich mit Diana darüber auszutauschen.

»Du weißt doch, ich muss heute mit dem Computer anfangen. Du wolltest unbedingt ausreiten gehen. Lass es uns auf Mittwoch verschieben, da ist ohnehin Tanz im Dorf. Ein schöner Anlass, mit Elinor wegzugehen. Aber sie ist verheiratet. Du brauchst sie also nicht zu verkuppeln!«

Tanja zwinkerte Diana zu, die dies grinsend quittierte. »So, verheiratet. Mit wem denn?«

»Ein Tierarzt. Von da hat sie wohl genügend Praxis in

der Tierkommunikation.«

»Meinst Du, ihr Mann glaubt daran? Das hört sich doch eher an, als hätten die beiden außer der Tierarztpraxis gleich noch einen Haufen Vögel!« Diana kicherte schon wieder, als sie nur daran dachte.

»Sieh das Ganze mal praktisch. Ein Hund kommt zum Tierarzt, der Besitzer weiß nicht, was er hat, und der Tierarzt kann den Patienten nicht nur umfassend heilen, sondern auch die Ursachen beim Namen nennen und so weiterer Krankheit vorbeugen. Stell Dir das mal vor - alle möglichen Untersuchungen und Geräte wären dann überflüssig! Was für ein grandioser Gedanke! Mehr noch - vielleicht könnte das Tier auch gleich sagen, mit was es am besten behandelt werden sollte! Das wäre auch was für mich!« Flugs fasste Tanja den Entschluss, Elinor demnächst zu einem Spaziergang zu überreden.

Der Cappuccino neigte sich dem Ende zu, die Freundin hatte die von Marianna reichlich bereitgestellten Kekse niedergemetzelt und verabschiedete sich bis zum nächsten Tag.

Tanja streckte sich gänzlich auf der Schaukel aus, um sich ein kurzes mittägliches Nickerchen zu genehmigen. So viele Gedanken... Kurz bevor sie endlich eingeschlummert war, traf sie die Rache der Katze. Mit allen vieren gleichzeitig landete Carina mitten auf ihrem Bauch und Tanja fühlte die Reaktion ihres Körpers, der sich wie ein Klappmesser zusammenbäumte. Die Katze störte das nicht allzu sehr; ein kurzer, mitleidloser Blick aus tiefen, grünen Augen, weiteres Getrete in der übervollen Magengrube, dazu ein grollendes Schnurren. Die Botschaft war klar: »Wage nicht, Dich jetzt wegzubewegen. Du bist mir von heute Morgen noch einiges schuldig! Und Streicheln ist jetzt wohl das Mindeste!«

Seufzend fuhr Tanja mit ihrer Hand über die hingebungsvoll Tretende und fragte sich, ob es tatsächlich so schwer war, mit Tieren zu kommunizieren. Die Tätlichkeit ihrer Katze sprach doch eigentlich Bände. Sie nahm sich vor, in der nächsten Zeit tiefer in dieses Thema einzutauchen. Mit dem Schlaf war es jetzt ohnehin vorbei. Aber ein wenig Dösen ging noch...

Als eine derbe Hand Tanjas Schulter packte und kräftig schüttelte, fuhr sie aus dem Schlaf hoch. Über ihr stand drohend Marianna. Unglaublich, sie war doch tatsächlich nochmals eingeschlafen! Heute war wirklich ein merkwürdiger Tag! Am liebsten wäre sie wieder hintenüber gesunken, aber das Funkeln in den Augen der Haushälterin weckte sie schlagartig auf.

»Was ist passiert?«

»Was passiert ist? Eine der Gäste wollte unbedingt nochmal in den Stall, und hat sich dann erschreckt. Das Pferd ist ausgebrochen und rast jetzt überall herum. Hier schlafen alle!«

»Oh. Also auch die Männer?!«

»Sogar die Handys sind ausgeschaltet. Jetzt sind Sie wohl dran!«

Mit den Händen fuhr sich Tanja über die Augen und überlegte. »Sie fahren sofort zu Stanis und den Jungs und klingeln sie heraus. Meinetwegen schreien Sie auch laut. Ich nehme das Fahrrad und versuche, das Pferd einzufangen. Wissen Sie denn, wohin es gelaufen ist? Und welches Pferd es überhaupt ist?«

»Da fragen Sie wohl am besten mal die Frau, die das verbrochen hat. Sie steht in der Tür und heult und macht sich Vorwürfe ohne Ende!«

Leise murmelte Tanja in sich hinein, dass das ja auch das Mindeste sei. Sie hatte mehrfach darauf hingewiesen, dass die Teilnehmerinnen nicht die Boxen betreten durften, wenn sie nicht ausdrücklich dazu aufgefordert worden und in Begleitung des Personals waren. Dann sprang sie energisch auf, die Katze flog ein weiteres Mal in hohem Bogen durch die Luft und Tanja war sich der Tatsache bewusst, dass das richtig Ärger geben würde. Noch mehr. Oh weh....

In der Haustür stand von allen ausgerechnet Mareike. Sieh an. Die kleine Maus. Stille Wasser sind doch tief! Verzweifelt schluchzte sie auf, als Tanja sie nicht gerade sanft anfuhr, warum in aller Welt sie denn eine Box geöffnet hätte.

»Ich bin doch auch völlig allein. Ich hätte niemals geglaubt, dass Lisgast einfach wegläuft. Sie war die ganze Zeit so brav. Ich bin direkt nach dem Mittagessen zu ihr gegangen und wollte sie trösten. Sie kam ganz dicht an die Tür und ich habe sie gekrault. Sie ließ ihren Kopf und die Ohren hängen und war so unglücklich und so traurig, und deshalb«, sie schluchzte wieder auf, während Tanja sie kurzerhand aus dem Haus herauszog, »habe ich, habe ich…« Von Weinkrämpfen gepackt, klammerte sich die kleine Frau an Tanja. Diese versuchte, sich zu beherrschen und ruhig zu bleiben.

»Also haben Sie die Tür geöffnet, um sie noch mehr zu trösten, oder?«

Außer Wimmern und heftigem Kopfnicken brachte Mareike nichts mehr über die Lippen.

»Wohin ist Lisgast denn gelaufen? In welche Richtung? Wir müssen sie sofort suchen! Sie fahren mit dem Rad mit mir. Zeigen Sie mir die ungefähre Richtung, jetzt!« Bei den letzten Worten schüttelte Tanja die Frau, die nun offensichtlich kurz vor einen kompletten Zusammenbruch stand. Durch den Zorn in den Worten der Inhaberin riss sich Mareike doch wieder zusammen. Vage deutete sie in Richtung Wald und Meer.

Eine gewisse Erleichterung breitete sich in Tanja aus. Mit viel, viel Glück….

Schnell schwangen sich die beiden auf die Räder, die in der Garage lehnten. Von weit her hörten sie, wie Marianna mittlerweile im Künstlerdorf angekommen war und dort alles auf die Beine brachte. Tanja musste wider Erwarten grinsen. Vielleicht verausgabte sich ihre Haushälterin heute ausreichend und der Abend konnte etwas ruhiger werden.

Während die beiden Frauen in Rekordtempo Richtung Wald radelten, die Hunde im Schlepptau, ein Halfter mit Seil im Radkorb, klingelte das Handy.

»Stanis, es geht um Lisgast. Sie ist vermutlich Richtung Waldkoppel unterwegs. Wir sind gleich am Waldrand. Ich rufe Dich an, wenn wir sie nicht dort finden. Dann musst Du und auch die beiden Jungs los. Bis später, drück die Daumen!«

Sie schlingerten zwischen den Koppeln auf dem Sandweg und kamen endlich auf den festen Untergrund des Waldbodens. Die Stille zwischen den Bäumen umfing sie. Außer zahllosen Mücken und anderen Stechinsekten war um diese Zeit kein Tier unterwegs. Schließlich waren sie in Italien. Siesta.

Über ausgetretene Pfade, die die volle Konzentration der Radlerinnen erforderten, kamen sie endlich an eine schöne, weite Lichtung, die rundherum eingezäunt war. Am Eingang der offenen Koppel war niedergetretenes Gras zu erkennen.

Mit einem Stoßseufzer sprang Tanja vom Rad, schloss das Gatter und rief Mareike zu: »Sieht so aus, als wäre Lisgast tatsächlich hier. Kommen Sie, wir müssen sie jetzt einfangen. Und zur Strafe nehmen Sie sie am Halfter mit.«

Die Angesprochene inhalierte tief und erschrocken, lief dann aber mit gefasstem Gesicht hinter Tanja her, die sich bereits umgewandt hatte. Und wirklich, hinten links im Schatten, kaum erkennbar in den Farben des mittäglichen, frühlingshaften Waldes, stand Lisgast.

»Holen Sie sie selbst. Hier ist das Halfter.« Ohne weitere Worte streckte Tanja der etwas jüngeren Frau Halfter und Strick hin.

Mühsam schluckend nahm Mareike die Gegenstände. Dann machte sie sich auf den Weg, während Tanja sie zufrieden beobachtete. Die Hunde drängten sich hechelnd an sie.

Einen positiven Aspekt hatte das Ganze ja: Mareike kam ins Tun. Sie war - allein schon durch ihr schlechtes Gewissen - dazu gezwungen, sich mit dem Pferd tatsächlich auseinanderzusetzen. Nun hatte sie die braune Stute am Halfter - ›gar nicht so schlecht für eine Anfängerin‹, dachte Tanja - und kam mit ihr zurück über die Wiese.

Tanja öffnete das Gatter und nahm die beiden Räder auf. Gemeinsam gingen sie nun langsam zur Anlage. Für ein Gespräch blieb keine Zeit, da Mareike viel zu sehr auf Lisgast achten musste, während Tanja dahinter mit den beiden Rädern und dem wechselhaften Untergrund kämpfte. Um so besser für Tanja, die gerade wieder sehnsüchtig an ihre eigene Siesta dachte. Aber Schluss damit, nun würden sie hoffentlich gerade noch rechtzeitig wieder auf dem Hof sein, um pünktlich die Nachmittagseinheit zu beginnen. Schließlich hatte sie die Stute auch noch gründlich nach eventuellen Verletzungen abzusuchen.

Im Siegeszug kamen die beiden Frauen mit Lisgast und den Hunden auf der Anlage an; sie waren schon von weitem zu sehen. Dort hatte sich eine Abordnung formiert, die sich sehen lassen konnte: Stanis, die beiden Lehrlinge und sämtliche Teilnehmerinnen. Dazu Haushälterin Marianna mit ihrer Freundin Elvira, der Köchin des Künstlerdorfes. Die Angestellten nickten nur erleichtert und gingen dann wieder zurück an ihre jeweiligen Arbeiten.

Für die Gäste gab es genügend Gesprächsstoff, um die nächsten Tage damit zu verbringen. Erst die Tierflüsterin Elinor, dann der Vorfall mit Samantha und nun Mareikes Überschreitung der ehernen Regeln mit anschließender Flucht von Lisgast. Und der Kurs hatte gerade erst angefangen...

Glücklicherweise hatte Lisgast den Ausflug unbeschadet überstanden. Während die anderen mitsamt den Greyhounds vor dem Stall warten mussten, sah sich Tanja ihr Pferd genau an. Mareike stand am Kopf der Stute, schon lange nicht mehr nur erleichtert, sondern sich allmählich der Tatsache bewusst werdend, dass sie Lisgast selbst aufgehalftert und die ganze Strecke alleine geführt hatte.

Tanja merkte, wie Stolz und Glück über die erbrachte Leistung die Oberhand gewannen und freute sich mit ihr. »Na, auf den Schock hin sind Sie doch ganz mutig geworden, nicht wahr?«

Mareike drehte sich zu Tanja hin um. »Sie haben mir ja auch gar keine andere Wahl gelassen, oder? Aber jetzt bin ich ehrlich gesagt ganz froh darum. Nie, niemals hätte ich es gewagt, ein Pferd aufzuhalftern und so weit zu führen. Ganz allein. Nicht mal eine Eingrenzung außen herum. Sozusagen durch die freie Wildbahn. Und wissen Sie was? Es hat so viel Spaß gemacht. Nachdem wir jetzt wissen, dass ihr nichts passiert ist, kann ich mich richtig freuen. Ja, ich bin glücklich. Trotzdem ich so viel verbockt habe... Es tut mir sehr leid, ich wollte das alles nicht! So viel Ärger, und so viel Gefahr... ich habe die Situation komplett unterschätzt.«

»Dann wissen Sie wenigstens für die Zukunft, dass Regeln - zumindest hier - ihren Sinn haben. Aber ich freue mich sehr für Sie, Mareike, dass Sie jetzt sicherer an Pferde herantreten können. Denn was für Lisgast gilt, gilt genau so für jedes Pferd. Sie können das Halftern und Führen mit allen anderen auch üben.«

Mareike erbleichte ein wenig, und Tanja lachte beruhigend: »Keine Angst, für die Zeit Ihres Aufenthaltes bleibt Lisgast erst einmal ›Ihr‹ Pferd. Das erfahren die anderen auch gleich. Aber es wäre schön, wenn Sie im Kopf behielten, am letzten Tag doch noch ein anderes Pferd aufzuhalftern und zu führen. Es braucht ja nicht in der freien Wildnis sein.«

Mareike atmete hörbar auf, versprach aber vorsichtshalber mal lieber nichts. Wer weiß, worauf sie sich sonst einließ...

Die beiden traten aus der Box, während die Stute ihnen versonnen nachblickte. Als Tanja sich kurz umdrehte, registrierte sie diesen besonderen Blick und fragte sich unwillkürlich, ob das alles Zufall war.

Draußen im Sonnenschein überfielen die anderen sie mit tausend, teils abstrusen Fragen.

»Wie geht es ihr?«, war noch die normalste. Aber »Hat sie sich ein Bein gebrochen, muss sie nun zum Metzger?«, war dann doch etwas befremdlich. Noch dazu, wo sie doch vorhin so strahlend in den Hof eingezogen waren!

»Lisgast geht es blendend; sie fand den Spaziergang außerordentlich erholsam und erheiternd und dass sich nun so viele Menschen für sie interessieren, noch viel besser. Aber eines klären wir gleich jetzt: Lisgast ist für den Rest des Kurses exklusiv für Mareike reserviert. An ihr führt kein Weg vorbei. Ihr anderen habt schließlich genügend Auswahl.«

Ein kollektives erleichtertes Aufseufzen war zu vernehmen. Schön, das zu hören.

»Bekommen wir dann alle unsere eigenen Pflegepferde?«, piepste es aus der hinteren Reihe.

Alle drehten sich zu den beiden Mädchen um. Andrea wurde hochrot, wollte sich erst hinter Julia verstecken, bezog dann aber doch tapfer Position.

Nachdenklich musterte Tanja die Fragestellerin sowie das teils eifrige und energische Nicken der anderen Teilnehmerinnen. »Bisher haben wir das noch nie so praktiziert. Aber na ja, warum auch nicht? Es gibt für alles ein erstes Mal.«

Bei diesen Worten zwinkerte ihr Elinor schelmisch zu. An was dachte die Möchtegern-Tierflüsterin denn schon wieder? Na dann, lieber gleich Attacke: »Welches Pflegepferd hätten Sie denn gerne, Elinor?«

Das Grinsen gefror Tanja allerdings schnell im Gesicht, als die Angesprochene völlig regungslos mit todernstem Gesicht den Vorschlag machte, ausgerechnet Sammour, den vierjährigen und noch ziemlich rüpeligen Wallach, übernehmen zu wollen.

»Also, das scheidet schon mal aus. Wir müssen uns der Situation anpassen. Elinor, Sie haben bisher keine Erfahrung, wollen aber mit dem ebenso unerfahrenen Youngster anfangen. Das geht nicht.«

»Warum nicht? Es heißt doch immer, junge Reiter mit jungen Pferden. Ich bin zwar altersmäßig nicht mehr jung - aber ganz bestimmt doch im Herzen«, dabei grinste sie gewinnend in die Runde, »nur halt eben unerfahren. Da lernt man am besten gemeinsam, oder etwa nicht?«

Tanja kam in eine üble Stimmung. Wie oft hörte sie doch diesen Stuss, der von weiß Gott wem erfunden worden war und so viele demotivierte Reiter und unbrauchbare Pferde hervorgebracht hatte. Sicher waren das einmal geschäftstüchtige Reitlehrer gewesen, die diesen Spruch in die Welt hinausgerufen hatten. Wohl wissend, dass dann der unerfahrene Reiter gänzlich und gesamthaft auf besagten Reitlehrer angewiesen war und dieser schon wieder weniger Gedanken um seinen Geldbeutel zu verschwenden brauchte…

»Mit Sicherheit nicht. Sie sollten sich besser an den Spruch ›Auf alten Stuten lernt man das Reiten‹ halten. Der trifft im Gegensatz zu dem Ihrem nämlich tatsächlich zu.«

»Und warum?«

Alle Augen waren auf Tanja gerichtet, die sich mit einem Seufzer auf der Umfassung des nahen Brunnens niederließ. Der Wind strich durch ihre Haare, während sie einen Blick zu den eigenen Pferden hinüberwarf.

Nur wenige standen im Stall; die meisten genossen ebenfalls die milde Märzsonne auf den benachbarten Weiden.

»Weil die alten Pferde wissen, was sie tun sollen. Sie verfügen über viel Erfahrung und Routine und verzeihen Ihnen deshalb Fehler, die junge Pferde eben nicht verzeihen. Wenn Sie einem Pferd Schmerzen zufügen, weiß es meistens nicht, ob das Ihre Absicht ist oder nur ein dummer Zufall. Vielleicht merken Sie selbst nicht einmal, was Sie gerade verbrochen haben. Fakt ist: die Schmerzen und Unsicherheiten des Pferdes summieren sich. Das gibt dann auf Dauer häufig die sogenannten Verbrecher. Und der unerfahrene Reiter weiß immer weniger, wie er mit dem Tier zurechtkommen soll. Er verliert den Spaß am Reiten und an den Pferden. Dagegen nimmt ein älteres, erfahrenes Pferd das Ganze wesentlich gelassener. Deshalb gibt es ja auch Schulpferde. Diese Pferde schulen die Reiter. Wenn dann alles halbwegs sitzt, kann man sich mit einer Reitbeteiligung an einem ebenfalls älteren Pferd - unter Anleitung eines Reitlehrers natürlich - versuchen. Verstehen Sie, es geht hier nicht um ein Sportgerät. Sondern um ein Lebewesen, für das wir Verantwortung übernehmen. Die meisten von uns sind nun mal nicht mit Pferden aufgewachsen, wie das früher viel häufiger der Fall war. Wir müssen uns erst einmal in die Psyche der Pferde hineindenken. Pferde sind im Gegensatz zu Menschen Fluchttiere. Das ist so ziemlich genau der krasseste Gegenpunkt zu unseren Verhaltensweisen.

Ein bisschen Bücher- und Zeitschriftenlesen hilft da wenig.«

Elinor blickte hilfesuchend Samantha und Sandra an.

»Ich kaufe mir nur ausgebildete Pferde. Das tue ich mir gar nicht erst an, mit Einreiten und so. Nein danke. Außerdem möchte ich immer gleich auf Turnieren starten.« Dieses Statement stammte natürlich von der dunkelhaarigen Samantha.

Doch auch Sandra war ähnlicher Ansicht. »Bisher habe ich nur zwei eigene Pferde gehabt. An dem ersten hatte ich, so wie Tanja es beschrieben hat, eine Beteiligung für drei Jahre, dann wollte die Besitzerin Gustavo verkaufen. Ich hing an ihm und deshalb habe ich ihn übernommen. Als er von mir vor wenigen Jahren in den wohlverdienten Ruhestand geschickt wurde, wollte ich natürlich mit einem neuen Pferd weiterreiten. Das habe ich mir dann auf einer kleinen Reitpferde-Auktion gekauft.«

Sofort ging eine neue Diskussion über den Sinn vom Kauf von Auktionspferden los. Tanja blickte auf ihre Uhr und räusperte sich deutlich. Das erzielte schon mal nicht den Zweck der Aufmerksamkeitserregung. Deshalb meinte sie laut in die Runde: »Wir sollten uns jetzt auf das Reiten vorbereiten. Diskutieren können wir dann anschließend immer noch.«

»Und was ist mit den Pflegepferden?«, kam es wieder aus der hinteren Reihe.

Tanja konnte ein Grinsen nicht verkneifen. »Das Problem klären wir ebenfalls im Anschluss. Jetzt seid ihr ohnehin alle schon eingeteilt, und dabei bleibt es vorerst auch. Mal sehen, ob ihr daraufhin nicht doch noch eure Wünsche etwas ändert. Ich würde mich allerdings freuen, wenn ihr mir das dann auch ehrlich verraten würdet!«

»Ehrensache!« Das kam wieder von hinten, allerdings dieses Mal von Julia.

»So, dann nun die beiden Abteilungen: In Gruppe eins befinden sich Mareike, Elinor, Melanie und Sandra. Die Pferde sage ich euch gleich. In Gruppe zwei sind folglich Andrea, Julia, Samantha und Kathrin. Die Gruppe, die später an der Reihe ist, hilft den Mitgliedern der anderen Gruppe oder beobachtet, was die anderen an verschiedenen Tätigkeiten erledigen. Wir sind hier ein Team und das bedeutet, dass wir uns alle gegenseitig unterstützen. Jeder darf Fragen stellen und die Gefragten versuchen, gegebenenfalls mit Hilfe der anderen, diese Fragen zu beantworten. Selbstverständlich könnt ihr uns Reitlehrer jederzeit um Rat bitten, aber wir sind sozusagen die letzte Instanz. Da wir anschließend an die Stunden ohnehin alles noch einmal durchgehen, sollten hoffentlich auch die letzten Fragen geklärt werden. Ich werde dann gerne noch die Antworten, die nicht ganz plausibel erscheinen, von meiner Sicht aus betrachten und erläutern.«

»Sprechen wir heute Abend nochmal über Auktionspferde?«, ließ sich Kathrin vernehmen. »Ich wollte nämlich selbst bald eines in Verden kaufen.«

»Ja, natürlich. Ich kann euch sogar etwas aus eigener

Erfahrung dazu berichten. So, nun aber aufgepasst: Es geht um die Verteilung der Pferde. Mareike, das ist bereits klar, nimmt natürlich Lisgast. Elinor bekommt Lafayette, Melanie reitet Annabella und Sandra versucht sich mal an Georgina. Ihr wisst ja, wo die Sattelkammer ist - hinten am Ende des Stallganges. Dort findet ihr Putzzeug. Achtet bitte darauf, den richtigen Putzkoffer mit dem entsprechenden Namen zu verwenden. Dort hängen natürlich auch die Trensen und Sättel. Wenn ihr Schwierigkeiten haben solltet, dann fragt bitte das Stallpersonal oder mich. Ach ja«, Tanja zwinkerte schelmisch an die gespannt wartenden Mitglieder der zweiten Abteilung, deren Gesichtern bereits das Nachfragen anzusehen war, »die andere Gruppe möchte vermutlich auch noch wissen, worauf ihr euch vorzubereiten habt. Also: Samantha und Marbella, Kathrin mit Chocolate Chips, Julia mit Sammour und Andrea mit Deldrin.«

Ein Jubeln unterbrach sie, während sich die zwei Mädchen anstrahlten. Na, die beiden jedenfalls waren aufs erste zufrieden. Mareike ebenso. Bei Samantha war sie sich nicht sicher - aber die sollte sich mal mit der Leitstute das Mütchen kühlen. Wenn sie schon so energisch auftreten konnte, wie sie es abgesehen von der mittäglichen Ausnahme gezeigt hatte, dann war der Goldfuchs auch bestens dazu geeignet, sie wieder zu erden. Kathrin konnte mit Chocolate Chips vielleicht das ein oder andere dazulernen. Tanja war schon sehr gespannt auf den Reitunterricht.

Ein Rundum-Erfolg. Tanja strahlte zufrieden bei dem Gedanken an die letzten Stunden. Unterstützt von Stanis und den Lehrlingen hatte beim Putzen und Satteln alles geklappt, Pferde und Reiter waren wohlbehalten in der kleinen Reithalle angekommen und der Unterricht der ersten Gruppe nahm einen sehr angenehmen Verlauf. Stanis hatte sich in aller Gemütsruhe um Mareike bemüht, das Mauerblümchen blühte sichtbar auf und auch Lisgast schien sich immer wohler zu fühlen, seitdem Mareike ihre Schwächen eingestanden hatte. Das allerdings war so auffällig gewesen, dass sich Tanja über dieses Phänomen noch ausführlichere Gedanken machen wollte.

Lafayette trug Elinor mit Würde, die beiden passten tatsächlich in der Optik gut zusammen. Der schwere braune Wallach wirkte unter der Barockdame gar nicht mehr so grob, sondern gewann auf ungeahnte Weise an Eleganz. Erik, der etwas größere der beiden Lehrlinge, hatte die beiden an die Longe genommen und ließ sie Gymnastikübungen durchführen.

Melanie, die erst jetzt genügend Geld für das Ausüben des geliebten Hobbys erübrigen konnte, hatte ihre helle Freude an der Haflinger Stute Annabella.

›Schade nur, dass es so spät ist‹, dachte Tanja im Stillen, während sie die beiden unterrichtete. Die Begabung der jüngeren Frau war deutlich erkennbar. ›Aber besser spät als nie. So kann sie immerhin noch eine gute Freizeitreiterin werden.‹

Auch Sandra kam mit Georgina bestens zurecht. Die

ruhige Art der Reiterin tat der hellbraunen Stute gut. Unter der Anleitung von Tanja versuchten sich die beiden sogar in den ersten für Sandra neuen und schweren Lektionen. Georgina ging nicht wie sonst so oft an die Decke, sondern schien ihre Reiterin eher einzuladen, die Dinge anders anzugehen.

Auch die zweite Gruppe war ein reiner Genuss. Naja, bis auf kurze Ausnahmen mit Samantha. Marbella zeigte ihr gleich zu Anfang, dass sie ihre durchaus eigene Meinung zum Miteinander hatte. Zwei Chefs und keine Angestellten konnte nicht gut gehen... Erstaunlicherweise lenkte Samantha relativ schnell nach dem beginnenden Zickenkrieg ein. Vielleicht hatte auch der bedeutungsschwangere Blick von Elinor, die wie die anderen Reiter der ersten Abteilung auf der Tribüne den Unterricht beobachtete, seine Folgen. Tanja hatte den stillschweigenden Austausch und das darauffolgende kurzfristige Erröten von Samantha durchaus wahrgenommen - und sich wieder Gedanken darüber gemacht. Hätte sie als Reitlehrerin etwas angemerkt, wäre sie auf eine beredte Wand des Zornes gestoßen. So klärte sich vieles ohne Worte. Wie merkwürdig... aber zumindest lief es danach deutlich besser, man konnte schon fast von Teamwork zwischen Pferd und Reiterin sprechen. Zum guten Schluss war Samantha fast, ja fast schon begeistert. Aber soviel Positives war dann doch zuviel für die dunkelhaarige Frau.

Julia und Andrea dagegen hatten von Anfang an großen Spaß mit den beiden Jungpferden. Mit behutsamer

und doch steter Hand konnten sie die fröhlichen Bocksprünge gut kontrollieren, die Wallache kauten zufrieden ab und gingen schön losgelassen über den Rücken.
Tanjas Bitte, immer wieder viele Schrittpausen für die
dem Alter gemäß noch wenig entwickelte Muskulatur
einzubauen, kamen die beiden selbstredend ohne Wi-
derworte nach. Stanis hatte die Mädchen in seiner Ob-
hut.

Kathrin dagegen schwamm in einer Woge der Eu-
phorie, nachdem sie die ersten fliegenden Galopp-
wechsel auf einem durchlässigen Chocolate Chips reiten durfte.

Aufgeregt schnatternd war die ganze Schar nach dem
Versorgen der Pferde in Richtung Künstlerdorf aufge-
brochen. Schließlich sollten dort noch einige Fragen
beantwortet werden und das in Gesellschaft eines voll-
blütigen italienischen Moccas oder vielleicht doch lieber eines samtigen Latte macchiato. Die Düfte verrie-
ten, dass es da noch andere Leckereien zu erwarten gab
und ließen die Frauen schneller ausschreiten, je näher
sie der Quelle des Wohlgeruchs kamen.

»Kein Wunder, dass die italienischen Mammas so
zulegen - wenn ich mich immer so ernähren würde,
käme ich auch bald als Walze daher«, meinte Melanie
lachend zu Samantha, bei der sie sich vertraulich ein-
gehängt hatte.

Die grinste nur kurz und süffisant in Richtung Elinor,
die der Gruppe bereits etwas vorausgeeilt war, die
Nase im Wind, das erwartungsfrohe Lächeln sogar am

Hinterkopf sichtbar.

Mareike, die neben den beiden lief, schüttelte nur kurz und schüchtern ihren Kopf.

Dagegen gackerten die beiden Mädchen, die solche Probleme noch nicht kannten, hemmungslos. Und zwar über das Bild, das sie sich von Samantha mit einer Zitronenscheibe in der Hand als Kuchenersatz ausmalten. Wie passend... sauer macht ja lustig...

Kathrin tauschte sich mit Sandra aus; die beiden gaben auch ein nettes Paar ab.

Tanja trabte mit den Hunden der Gruppe hinterher; sie hatte zuvor nochmals nach Lisgast gesehen. Die Stute hatte ihr lange und unverwandt in die Augen geblickt. Tanja war merkwürdig gerührt, als sie fast in den Tiefen der braunen Pferdeaugen versank. Als Erik die Stallgasse entlangkam, wurde der Zauber gebrochen. Darüber sinnierte sie nun, als sie den Weg entlangeilte. Ob an den ganzen Dingen wie Tierkommunikation doch etwas dran war? Sie wollte es bei nächster Gelegenheit herausfinden. Vielleicht zunächst über das Internet? Andererseits - wenn Elinor schon da war. Aber - diese Frau wußte auch zu viel anderes, Dinge, die in Tanja Zweifel schufen, sie an längst überfällige Aktionen in ihrem eigenen Leben, sich selbst gegenüber erinnerten.

›Kommt Zeit, kommt Rat, kommt Attentat‹, dachte sie. Just in dem Moment stolperte sie fast über einen Stein - und erschrak. Schon wieder.

Glücklicherweise hatte sie nun den Eingang des Gemeinschaftshauses erreicht, und damit die herrliche Ablenkung in Form von wunderbarem Schmalzgebäck. Mmmh - ja, das hatte sie sich jetzt definitiv verdient! Mit einem Teilchen auf dem Teller in der linken und einem Latte macchiato in der rechten Hand jonglierte sie hinaus auf die Terrasse, wo bereits die gesamte Gesellschaft saß, nein genau genommen: aß.

Dieses Mal gesellte sich Tanja zu Mareike, mit der sie nun schon einiges erlebt hatte. Sie wollte unbedingt herausfinden, was die Reitanfängerin zu ihren Erfahrungen mit Lisgast zu sagen hatte. Ob sie überhaupt bemerkt hatte, welche Verhaltenswandlungen das Pony durchlaufen hatte? Bevor sie jedoch den Mund öffnen konnte, wackelte der kleine Tisch vor ihr und Elinor setzte sich zwinkernd zu ihnen.

»Na, wie geht's Ihnen denn nun? Hatten Sie auch so viel Spaß wie ich? Junge, ich hab heute sicher schon drei Kilo durch die Gymnastik abgenommen. Soviel kann ich gar nicht nachlegen, Ihrer tollen Köchin zum Trotz.«

Erwartungsvoll blickte Elinor Tanja an, die nicht wußte, ob sie nun lachen oder den Kopf schütteln sollte. Abhängen ließ sich diese Frau jedenfalls nicht so einfach... Und sie verfügte über eine ganze Menge an Atemvolumen - die vier Sätze hatte sie in einem Zug durchgesprochen.

»Danke, mir geht es blendend. Eigentlich wollte ich etwas Ähnliches auch Mareike fragen.«

Diese war ganz offensichtlich versucht, sich still und

leise vom Tisch abzuseilen und wurde auf die Frage hin ganz rot. Während sie sich aus ihrer geduckten Haltung wieder etwas aufrichtete, huschten ihre Augen zwischen Tanja, die sie als Autorität fürchtete, und Elinor, die sie grundsätzlich in ihren Fundamenten ängstigte, hin und her.

Letztere trompetete nun mit ihrer Bass-Stimme: »Ach Schätzchen, ich ess Dich doch nicht! Dafür gibt es viel köstlichere Dinge hier! Schau, hast Du das da schon probiert? Ist mit Marzipan, das Richtige für ein Seelchen wie Dich! Dazu noch eine Tasse heiße Schokolade mit Sahne und dann päppeln wir Dich wieder auf!«

Mareike nahm gehorsam ein Stückchen der angebotenen Süßigkeit, warf einen zweifelnden Blick auf die grinsende Tanja, die sich ebenfalls einen Anteil vom vorbeiwandernden Teller gemopst hatte, und schob es in den Mund. So viel Fürsorglichkeit war sie offensichtlich nicht gewohnt.

Wie von Geisterhand erschien in diesem Moment die Köchin mit einer heißen Schokolade, die allerdings ursprünglich für Tanja bestimmt gewesen war. Leise instruierte diese ihre Angestellte und schob die Tasse hinüber zu Mareike, die heftig protestieren wollte, aber keine Chance gegen Tanja und Elinor hatte.

»Außerdem kommt meine heiße Schokolade ohnehin gleich nochmal. Für Elinor habe ich vorsichtshalber auch eine bestellt. Das war doch richtig, oder?«

Mit einem verschmitzten Lächeln wandte Tanja sich an ihre Nachbarin.

Die blinzelte schelmisch zurück. »Sie fangen ja schon an, Gedanken zu lesen. Ein guter Einstieg übrigens in die Tierkommunikation...« Sie ließ den Satz in der warmen Luft verhallen.

»Ah stimmt... Mareike, eigentlich wollte ich Sie ja unter vier Augen fragen, aber ich denke, Elinor wird Sie dabei nicht stören. Haben Sie denn vorhin, als Sie Lisgast geputzt und dann geritten haben, irgendetwas gespürt oder absichtlich etwas getan? Oder so?« Mann, warum kamen die Worte gerade wieder so spärlich, komisch, ungefüg? Tanja war sich des lauernden Blicks von Elinor durchaus bewusst.

Mareike sah sie überrascht aus ihren großen braunen Augen an. Abwehrend schüttelte sie den Kopf, erst langsam, dann regelrecht vehement. »Nein, ich habe nichts gemacht. Ich bin doch schließlich keine Pferdeflüsterin. Ich halte mich auch nicht dafür, das müssen Sie mir glauben.«

Tanja spürte die leichte Panik, die von der Frau ausging. Was hatte sie nur?

»Mareike, das ist kein Vorwurf! Im Gegenteil, ich glaube, Sie sind mir in einer Sache voraus und ich würde so gerne Ihre Meinung, Ihr Erleben dazu hören!«

Die graue Maus sah sie wieder zweifelnd an. Elinor blieb still, war trotz ihrer Masse und ihrer Persönlichkeit fast nicht mehr wahrnehmbar. Dann hatte sich Mareike offensichtlich dazu durchgerungen, Tanja zu glauben. Mit leichter Röte gestand sie: »Zuerst einmal habe ich mich immer wieder im Stillen bei Lisgast entschuldigt, weil ich sie doch so in Gefahr gebracht habe. Irgendwann hatte ich dann das Gefühl, dass es Lisgast zu viel wird, sie aber noch etwas anderes von mir hören möchte. Ich hatte keine Ahnung, was. Und überhaupt, wieso sollte ich mich lautlos mit ihr unterhalten? Das geht doch gar nicht.«

Elinor bewegte sich einen Hauch.

»Aber irgendwie fühlte ich mich gedrängt. Dann hab ich ihr davon erzählt, wie es mir auf der Arbeit geht. Ich arbeite im Finanzamt, wisst ihr. Na, und dass ich da auch immer ganz klein bin, weil ich sowieso nichts richtig mache. Aber erst, als ich ihr noch andere Dinge erzählt habe, da hat sich ihr Verhalten so geändert.«

Aufgeregt beugte sich Elinor vor. Auch Tanja hielt unwillkürlich den Atem an. Ziemlich lange. Als Mareike immer noch nicht weiterredete, ergriff sie endlich nach Luft japsend das Wort.

»Und was, in aller Welt, haben Sie ihr dann gesagt?«

Plötzlich schwammen die grauen Augen von Mareike in Tränen. »Ich habe ihr von meinem Freund erzählt. Er war der einzige, der mich geliebt hat, außer meiner Mutter. Aber er ist vor einem Jahr von mir weggefahren und dabei tödlich verunglückt. Seitdem hasse ich Motorräder. Er war Biker.«

Die Tränenflut war nun nicht mehr zu bremsen.

»Tränen der Heilung…«, murmelte Elinor, die sich leise seufzend zurücklehnte.

Tanja fand dieses Verhalten barbarisch. Sie nahm Anteil an der Geschichte ihrer Kundin, dachte an ihren eigenen Mann und wollte Mareike in den Arm nehmen. Bevor sie jedoch aufspringen konnte, hielten die kräftigen Hände von Elinor sie zurück. Der Blick in ihren Augen machte jede Frage überflüssig.

»Ich erkläre es nachher«, raunte Elinor ihr kaum hörbar zu.

Tanja kämpfte noch eine Weile mit den großen Händen auf ihren Armen sowie der unversehens aufsteigenden Wut gegen diese Frau. Warum in Gottes Namen konnte sie sich nicht wenigstens verbalisieren?! Aber ihr fehlten die Worte. Außerdem war wohl die Ausstrahlung von Elinor zu stark, um Gegenargumente zu finden.

Dafür waren in der Zwischenzeit die Tränen bei Mareike getrocknet. Mit einer Serviette betupfte sie die Spuren auf ihren Wangen. Offensichtlich hatte sie den stillen Kampf zwischen Elinor und Tanja gar nicht bemerkt, denn plötzlich sagte sie leise: »Danke für Ihre Anteilnahme. Das erste Mal, dass ich das nicht als Einmischen erlebt habe. Alle anderen scheinen mich immer in den Arm nehmen zu wollen, damit ich nicht mehr weine. Vielleicht haben sie ja Angst, dass es ihnen auch so gehen könnte. Oder es ist ihnen schlicht unangenehm, dass jemand weint. Naja, jedenfalls danke fürs Da-Sein.«

Tanja war unangenehm berührt. Denn freiwillig war sie nicht so feinfühlig gewesen. Sie warf einen zweifelnden Blick auf ihre dicke Nachbarin. Die wiegte ganz zierlich den Kopf und murmelte etwas von stillen Wassern und tief. Frustriert lehnte sich Tanja zurück.

Die nun frisch angekommene Tasse Schokolade lenkte sie einen Moment ab. Sie vergrub ihren Mund in der vanilligen Sahne, benetzte Lippen und Zunge mit dem herben Schmelz der Kakaobohnen. Und verbrannte sich natürlich die gesamte Mundhöhle in ihrem Genuss... Tapfer lächelte sie, obwohl sie lieber ihr Gesicht im Schmerz verzogen hätte. Das Thema war zu interessant. »Nachdem Sie dies zugegeben haben, hat sich das Verhalten von Lisgast geändert?«

Mareike schluckte noch einmal schwer, dann nickte sie und heftete ihren Blick auf Tanjas Augen. »Ja, sie wurde plötzlich - wie soll ich es sagen - regelrecht schmusig. Ich stand an ihrer Schulter, und sie bog den Kopf so weit um, dass sie mich quasi umarmt hatte. Wobei umhalst wohl das bessere Wort wäre. So stand sie dann ganz still und regungslos für eine ganze Weile und es floss wie Energie zwischen uns hin und her. Als ich in ihre Augen blickte, kann ich schwören, ich sah Tränen. Dann ließ sie mich plötzlich mit einem tiefen Seufzen los, und ich war fröhlich, so wie sie auch. Ja, das war's. Ist Ihnen das wirklich noch nie passiert?« Mit schief gelegtem Kopf fixierte Mareike Tanja.

Die Angesprochene schwieg. Dann schüttelte sie traurig den Kopf. »Nein, das habe ich bisher leider noch nicht erlebt. Aber es fühlt sich schön an. Bis auf Ihre Seelenqualen natürlich.«

Jetzt lächelte Mareike leicht. »Ja, vielleicht ist es ein

kleines Geschenk. Oder ein größeres. Ich denke darüber nach. Auf jeden Fall hat es unendlich gut getan. Ich freue mich schon sehr auf morgen.«

Elinor grinste breit. So breit, dass es fast schon anstößig wirkte. Tanja warf ihr einen halb vorwurfsvollen, halb fragenden Blick zu. Aber Elinor hatte offensichtlich weiterhin keine Lust zu sprechen. Sie wiegte nur mit halb geschürzten Lippen wissend ihren Kopf. Diese Frau strahlte eine geradezu feiste Zufriedenheit aus.

Mittlerweile hatte das Klappern des Geschirrs beträchtlich an Lautstärke verloren. Irgendwann erstarben auch die letzten Gespräche; die Gesichter der Teilnehmerinnen wandten sich Tanja zu. Diese kämpfte sich aus ihren eigenen Gedanken und nahm dann Stellung zu den Fragen ihrer Kundinnen. Nach eineinhalb Stunden beendete sie die lebhafte Diskussion und versprach, am nächsten Tag wieder für die verschiedensten Fragen da zu sein.

Müde pfiff sie Mortimer und Charles, die gar nicht weit entfernt, nämlich bei Andrea und Julia, unter dem Tisch lagen und sich dort von den Mädchen verwöhnen ließen. Gemeinsam spazierten sie gemächlich in Richtung Herrenhaus. Der Himmel war mit Wolken durchsetzt; der Sonnenuntergang verzauberte die Gebilde zu trunkenen Farbfantasien. Heute wäre sie auch gerne Malerin gewesen, um diese vielen Lichtspiele auf Leinwand zu bannen. Doch bei ihr wirkte selbst ein blauer Himmel würdelos. Dafür hatte sie andere Qualitäten. Außerdem gab es offensichtlich jede Menge dazuzulernen. Mal sehen, was Diana zu den Vorgängen sagen würde. Am besten, sie rief sie gleich an, sonst vergaß sie noch alles.

Doch Diana hatte keine Zeit. Um genau zu sein, sie war gar nicht erst erreichbar. Tanja legte beim Beginn der Ansage des Anrufbeantworters traurig den Hörer auf. Im gleichen Moment hörte sie vom Eingang her Geräusche, die Hunde sausten davon und ihr Mann rief ihnen lachend zu. Nach einem heftigen Umarmungstanz befreite er sich aus den Fängen der jubelnden Hunde und küsste die mindestens ebenso jubelnde Tanja, die inzwischen dazugestoßen war. Mit einer Hand fuhr er über ihr Haar, dann versenkten sich seine Augen in die ihren, seine Hände umfassten ihre Hüften und er zog sie an sich. Aus dem Kuss erwuchs ihnen Begehren. Hand in Hand liefen sie wie Jungverliebte ins Obergeschoss, zogen sich ab der Schlafzimmertür aus und fanden endlich ihr Bett und ihre Erfüllung.

Anschließend zog Tanja Max spielerisch am Ohrläppchen. »Na, was ist denn heute in dich gefahren? So schön und spontan war es ja schon lange nicht mehr. Zudem bist du auffallend früh dran.« Und dachte dabei an den Vormittag, an dem sie sich genau das so sehr gewünscht hatte.

Max grinste und strubbelte zur Strafe für das Ohrziehen ihr Haar wild hin und her. »Du weißt doch genau, wie sehr ich Dich begehre. Ich habe lange darüber gegrübelt und nun beschlossen, endlich weniger zu arbeiten. Ein Mitarbeiter, Antonio DiLucci - ich habe Dir, glaube ich, von ihm erzählt -, soll meine Geschäftsreisen übernehmen. Quasi eine Art Assistent. Deshalb, mein Schatz, werden wir in Zukunft mehr voneinander haben.« Er blickte sie an und fügte zwinkernd hinzu: »Falls Du das überhaupt verkraftest…«

Weiter kam er nicht, denn jetzt ergriff Tanja die Alternative. Von wegen, der Mann muss immer zuerst… Neu entflammt wälzten sie sich in den Laken, dieses Mal mehr spielerisch und übermütig, und genossen einander.

Max schlief tief entspannt ein, während Tanja gedankenverloren zärtlich die Linien seines Gesichtes nachzog. So erfüllten sich nun doch ihre Wünsche weiterhin. Kein Liebhaber nötig… das wäre auch gar nicht das ihre gewesen. Da Max nun offensichtlich mehr Zeit hatte - ja, dann konnten sie die Sache mit dem Mac auch morgen noch angehen! Stattdessen ganz in Ruhe gemeinsam dinieren, danach ein entspannter Spaziergang mit den Hunden am Meer, ein Glas Wein auf der Terrasse, und vielleicht noch ein Nachtisch im Bett. Erdbeeren mit Sahne - und mit rosa Spitze....

# DIENSTAG

Als Tanja frühmorgens zum Stall hinüberlief und die Hunde im taunassen Gras um sie herumtobten, klingelte ihr Handy. Erstaunt blickte sie aufs Display, dann drückte sie lächelnd die Annahmetaste. »Guten Morgen, Du Liebe, wie geht es Dir?«

»Dir auch einen wunderschönen guten Morgen, mir gehts bei dem herrlichen Wetter fantastisch. Du hörst Dich ja so strahlend an?«, tönte die Stimme von Diana.

Tanja sah förmlich ihre Freundin vor sich, wie sie mit einem Armschwung den ganzen blauen Himmel für sich in Besitz nahm. »Du wirst es nicht glauben...«

»Doch nicht etwa wieder Elinor? Hat Beauty ihr etwas erzählt?«, fiel Diana ihr lachend in den Satz.

»Nein, viel, viiiiiel schöner: Stell Dir nur vor, Max hat einen Assistenten, und deshalb ab sofort mehr Zeit für mich! Wir haben gestern schon begonnen. Eines kann ich Dir versichern: einen Liebhaber brauche ich ganz bestimmt nicht! Wow, was für ein Abend... ich schmelze allein beim Gedanken daran dahin...«

»Bevor Du ins Detail gehst: kurze Runde am Meer ausreiten? Ich kann in fünf Minuten starten, Treffpunkt wie immer am alten Eukalyptusbaum.«

»Hört sich gut an, ich bin schon fast am Stall. Glücklicherweise ist Beauty kein Schimmel. Bis gleich, ich freu mich!«

Sprachs, legte auf und ging gutgelaunt in den Stall.

Beauty hatte heute ebenfalls ihren Strahletag. Bevor Tanja ganz durch die Tür gelangt war, erklang bereits ihr Wiehern.

»Ja meine Hübsche, heute noch einmal am Meer tollen und ab spätestens morgen dann wieder ordentlich arbeiten. Aber bei dem Wetter wäre alles andere eine echte Sünde. Fraglich nur, ob der Monsignore bei der Beichte das verstehen würde. Andererseits - da er auch so gerne reitet, würde er mir wohl eher die Absolution verweigern....«

Bei diesen Worten verschwand Tanja bereits in der Sattelkammer, verzichtete auf die Bürste und kam gleich mit dem Sattelzeug wieder heraus. Schnell getrenst, gesattelt, die wildesten Haarbüschel mit der Hand geglättet und schon zog sie ihre Stute auf den Hof. Nach einem Pfiff wuselten die Hunde um die Hufe von Beauty, die in deren Richtung schnoberte. Noch bevor Tanja ganz im Sattel war, setzte sich Beauty mit den Hunden bereits in Bewegung. Energisch strebten die Tiere in Richtung Allee und wie ferngesteuert im Trab zum Strand, allerdings mit Umweg über den Eukalyptusbaum.

Dort war niemand. Ein Blick auf die Uhr zeigte Tanja, dass sie nur zwölf Minuten gebraucht hatte. Typisch. Diana hatte die Pünktlichkeit sicher nicht erfunden. Traurig setzten sich Mortimer und Charles auf den Boden. Nach einer Weile begannen sie zu heulen, während Beauty anfing, sich um sich selbst zu drehen. Dann endlich hörte man Hufschlag und aus dem Gebüsch tauchte hochrot Diana mit Patsy auf.

»Sorry, dass ich zu spät bin, aber stell Dir nur vor, kaum kam ich mit dem Sattel, schoss plötzlich eine der wilden Katzen aus dem Stall und lief mir direkt vor die Füße. Als ich der Länge nach hinfiel, erschraken die Pferde auf dem Paddock und ergriffen heillos die Flucht. Bis ich sie endlich mit Hilfe eines gut gefüllten Futtereimers wieder im Stall hatte, verging eine Ewigkeit. Manchmal möchte man schon meinen...«

Tanja lachte herzlich, ihr tat die Freundin fast schon leid. »Kein Problem. Schade nur, dass Elinor nicht da ist. Du hättest sie gleich fragen können, was die Katze damit sagen wollte. Vielleicht: so früh solltest Du noch liegen und schlafen?«

»Oder eher: so früh solltest Du Deine armen Pferde noch schlafen lassen?«

Die Hunde und Pferde hatten sich bereits von selbst Richtung Ufer aufgemacht. Das Meer schimmerte um diese Uhrzeit türkisfarben, sanfte Wellen landeten an, die Luft war wie Glas. Tanja jubelte laut zum Himmel empor, Beauty machte einen erschreckten Satz nach vorne und blieb dann gleich im Galopp. Neben ihr stob Diana auf Patsy durch die seichten Wellen. Die Hunde konnten eine Zeitlang das Tempo halten, dann hatten die beiden Vollblüter ihre Hundeverwandten abgehängt. Zufrieden buckelte Beauty, um dann hinter Patsy herzusetzen. Lang und länger streckte sich die Stute, wurde immer flacher, gewann mit jedem Galoppsprung an Boden. Kurz vor der Klippe, die mitten auf dem Strand aufragte, lagen die Pferde gleichauf. Keine der beiden Reiterinnen trieb. Die Stuten lieferten sich selbst ein Wettrennen. Nase an Nase rasten sie dahin, bis endlich Tanja langsam das Tempo zurückzunehmen begann. Diana hatte nun auch keine Mühen mehr, ihre Stute zu regulieren. Die Pferde liefen sich aus, bis sie nur noch trabten, dann wendeten die Frauen ihre Tiere, um den Hunden entgegenzureiten. Japsend kamen Charles und Mortimer heran und trafen die Gruppe auf dem Weg nach oben, zum Wald hin.

»Mal ganz ehrlich, gibt es eine schönere Art, den Tag zu beginnen?« Pure Lebensfreude leuchtete aus Dianas Augen.

»Nein, ich kann mir nichts Schöneres vorstellen. Zumindest nicht wochentags...« Tanja zwinkerte schelmisch zur Freundin hinüber.

»Ach ja, jetzt erzähl doch mal. Aber bitte nicht, dass ihr euch gestern mit dem Mac beschäftigt habt!«

Tanja lachte, und während die dampfenden Pferde den Heimweg antraten, berichtete sie der Freundin von dem schönen und unerwarteten Abend.

Im Gegenzug erfuhr sie von Diana, dass diese am Vorabend einen kleinen Ausflug mit Giovanni, dem älteren der beiden Halbbrüder, in eine nahegelegene Kleinstadt unternommen hatte. Sie waren in eine heimelige Trattoria gegangen, hatten beste Hausmannskost genossen, und anschließend an der Strandpromenade eine Flasche Rotwein geleert. Giovanni kannte einige der dortigen Fischer, und so waren die Stunden wie im Fluge vergangen.

›Ob Diana deshalb wohl so schlecht in die Gänge gekommen ist?‹, überlegte Tanja, die ihrer Freundin den schönen Abend von Herzen gönnte, umso mehr, da der ihre ebenfalls unter dem herrlichen Stern der Liebe gestanden hatte.

»So, das heißt, du hast deinen Bedarf an Liebhabern nun doch gedeckt. Das freut mich sehr! Der Gedanke an Max und dich hatte mich schon bedrückt... Und heute Abend wird gemact?« Diana warf ihre Strähnen, die sich aus dem Pferdeschwanz geschummelt hatten, mit einem Schwung des Kopfes zurück.

Patsy schien dies als erneutes Zeichen zum Angaloppieren missverstanden zu haben, jedenfalls startete die Stute gleich durch. Diana wurde unsanft nach hinten geworfen, um sich gleich wieder zu fangen und ihr Pferd durchzuparieren. Auch Beauty ließ sich nicht lange bitten und sprang nach vorne. Gleichzeitig stoben die Hunde jaulend davon.

Tanja konnte nur noch den Kopf schütteln und ebenfalls hart in die Zügel greifen. »Klarer Fall von zu wenig Arbeit! Charles, Mortimer, kommt gefälligst wieder her! Ihr Rasselbande! Das ist wirklich eine eingeschworene, fast möchte ich schon sagen, verschworene Gemeinschaft.«

Diana lachte. »Das musst du unbedingt Elinor erzählen! Sie hat mit Sicherheit ihre Freude daran!«

Tanja wiegte ihren Kopf. »Ganz bestimmt. Aber ich möchte gar nicht wissen, wie wir dabei wegkommen.

Als Blondchen mit Narrenkappe? Wie soll ich da die nächsten Tage als souveräne Chefin auftreten?«

»Ganz so schlimm wird es wohl nicht werden. Vielleicht sollte ich sie zwischendurch zu mir einladen? Sie könnte mal ein Wörtchen mit den Katzen reden.«

»Gute Idee. Ich bin dabei. Vielleicht erfahre ich auf diese Weise endlich mal was von deinen Liebhabern Giovanni und Gasparo…«

»Kannst du so was von stecken! Das ist ein absolutes Geheimnis! Ich seh schon, am besten lasse ich diese Idee wohl doch lieber sein…«

Hechelnd kamen die Hunde wieder angelaufen. Mortimer schien etwas im Maul zu haben. Sollte er etwa eine Maus erbeutet haben? Doch es handelte sich bei näherem Hinsehen nur um einen alten Beutel. Vermutlich hatte einmal ein Wurstbrötchen darin gelegen, und er duftete immer noch verheißungsvoll danach.

»Mortimer, aus! Du sollst doch nicht alles hier aufsammeln. Pfui!«

Gekränkt musterte der Hund sein schimpfendes Frauchen, um dann traurig seine mühevoll erlegte Trophäe fallen zu lassen. Charles bellte etwas weiter vorne und Mortimer sprang begeistert in seine Richtung. Eine neue Beute?

Tanja und Diana sahen sich an und lächelten. »Wenn immer alles so simpel wäre…«

»Vielleicht machen wir Menschen es uns nur immer so kompliziert. Hast du jemals darüber nachgedacht, wieviel einfacher wir es haben könnten, wenn wir das nur wollten?«

»Sagt ausgerechnet die Frau, die zwei Liebhaber hat, die auch noch Halbgeschwister sind...«

»Das nennt man Lebenserfahrung.«

»Okay, ich darf mich da nicht weit aus dem Fenster lehnen, bei meiner Aussage von gestern...«

»Du meinst die Sache mit dem Liebhaber? Ehrlich gesagt habe ich gar nicht verstanden, warum du das von dir gegeben hast.«

Tanja wurde etwas rot. »Ich vermisse Max schlicht und ergreifend. Für ein Klosterleben habe ich mich nun nicht entschieden. Außerdem bin ich durch die ganzen Vorfälle mit Elinor regelrecht aufgewühlt. Ich war selbst entsetzt, als ich mich das sagen hörte. Das von mir? Unglaublich! Ich bin so froh, dass es nur deine Ohren erreicht hat. Aber jetzt ist glücklicherweise alles wieder gut. Weißt du was? Die Kirschen in Nachbars Garten... Und dann hast ausgerechnet du mit deiner vielen Freiheit mir erklärt, du wärest auf mich neidisch. Ist schon komisch, nicht wahr? Ich bin froh, dass du meine Freundin bist!«

»Danke, das geht mir genauso! Wäre ganz schön einsam hier, ohne dich, oder ohne Max. Auch wenn ich durch Giovanni und Gasparo eine ganze Menge Leute kenne, bin ich halt doch immer nur ›die Deutsche‹. Ob ich jemals wirklich dazu gehöre?«

Die Stimmung war ins Nachdenkliche gerutscht. Die beiden Frauen blickten schweigend auf das ergrünende Land ringsum. Ein Bussard kreiste hoch am Himmel über ihnen. Die Pferde schnaubten ab, und Charles und Mortimer erschienen zurück auf dem Weg. Letzterer hatte schon wieder eine Beute, die er triumphierend durch die Luft schwenkte.

Diana deutete grinsend mit dem Kinn auf den tollenden Hund.

»Na bitte, da ist ja unser Pausenclown. Was er wohl dieses Mal aufgestöbert hat?«

Das Geheimnis löste sich schnell - Mortimer wurde übermütig und ließ sein Maul zu lange auf. Daraus katapultierte sich eine quietschende Maus ins Gras zu seinen Füßen. Mortimer blickte verdutzt auf die entfliehende Beute, und Tanja beeilte sich, die Hunde zu sich zu rufen. Dadurch abgelenkt, konnte die fast schon erlegte Maus ins Gebüsch entkommen.

»Das nennt man wohl Spitz auf Knopf. Deine gute Tat für heute hast du jedenfalls getan. Zumindest an der Maus. Mortimer sieht das wohl etwas anders.« Diana schmunzelte und deutete auf den sichtlich missmutig gestimmten Hund, der sein Frauchen vorwurfsvoll musterte und immer wieder in Richtung Gras blickte, wo von einer Maus schon lange nichts mehr zu sehen war.

»Au weh, das fällt unter die Rubrik ›Zerstörte Träume‹. Die Hunde dürfen jedenfalls nicht mehr in Elinors Nähe. Sonst bin ich als Tierquälerin gebrandmarkt.«

Diana wollte sich vor Lachen ausschütten, aber Patsy machte in diesem Moment einen Hüpfer zur Seite. »Wow, das hat man nun davon. Jaja, wer den Schaden hat, spottet jeder Beschreibung. Mortimer, nun kommt dir sogar schon mein Pferd zur Hilfe. Ihr seid mir eine Gaunerbande!«

»So, ich fürchte, hier trennen sich unsere Wege. Oder kommst du noch mit hoch zur Anlage?«

»Das schaffe ich heute leider nicht. Ich muss noch kurz einkaufen, und mittags bin ich doch mit deinen Damen auf der Weide verabredet. Elinor ist übrigens auch dabei…«

»Dann hast du deine Unterhaltung gesichert. Viel Spaß, mal sehen, ob ich mich ins Gras lege und mit halbem Ohr - oder besser beiden - zuhöre!«

»Gute Idee! Bis denn dann!« Diana wendete ihre Stute halb rechts auf den Waldweg, während Tanja mit den Hunden geradeaus weiterritt. Vor sich konnte sie die große Reithalle erkennen, davor die Koppeln für die Schulpferde. Diese waren jetzt im Stall, um für die bald eintrudelnden Gäste bereitzustehen.

Gemächlich schlenderten sie am Waldsaum entlang, die Hunde bereits wieder eifrig mit Stöbern beschäftigt.


Zuhause erwartete Max sie mit einem reichhaltigen Frühstück auf der Veranda. »Hallo mein Schatz, ich habe mich extra zusammengerissen, damit wir zusammen frühstücken können. Ich habe einen Mordskohldampf!«

Strahlend ließ sich Tanja am Tisch nieder, nachdem sie sich von Max hatte umarmen und küssen lassen.

»Und ich erst, ich kann dir sagen! Wobei ich mir nicht

sicher bin, worauf ich mehr Appetit habe.« Sie musterte nachdenklich seinen Mund, dann entschied sie sich doch für das knusprige Hörnchen, das im Brotkorb lag. Es war noch warm und dampfte leicht.

»Weißt du was«, murmelte sie dann mit vollem Mund, »ich freue mich so sehr, dass du nun mehr Zeit hier mit mir verbringst! Das ist fast wie ein Traum!«

Just in diesem Moment erschien in der Tür Marianna, die sie leicht vorwurfsvoll musterte und etwas von Benimm in sich hineinmurmelte, während sie geschäftig an die Seite von Max eilte, um ihm mit strahlendem Lächeln Kaffee nachzuschenken.

Tanja schluckte den Bissen herunter und grinste dann ihre Haushälterin an.

»Guten Morgen, Marianna! Vorhin habe ich schon brav die Tabletten genommen. Ich habe den Eindruck, dass meine Muskelkrämpfe nicht mehr ganz so einfach auslösbar sind.«

»So schnell geht es nun auch wieder nicht. Aber schön, dass Sie daran gedacht haben.«

Marianna schien versöhnt zu sein. Allerdings hatte sie auch selten Drachenmanieren in Gegenwart von Max, den sie wie einen geliebten Sohn verwöhnte.

»Weißt du Schatz, ich hatte in den letzten Tagen ziemlich viele Probleme mit Muskelkrämpfen. Marianna hat mir dann ein paar Sachen besorgt, an die ich nie gedacht hätte. Vielen Dank nochmal!«

Tiefschwarze Augen blitzten sie an, ein zufriedenes Lächeln lag um den Mund der Haushälterin. »Möchten

Sie denn noch etwas Tee?«

Huch, soviel Wohlwollen war Tanja gar nicht von ihr gewöhnt. Musste doch ein außergewöhnlicher Tag sein…

»Nein danke, ich habe gerade erst angefangen. Aber die Hörnchen sind zu lecker, noch ganz warm und knusprig.«

Tanja begann sich aus Butter und Erdbeermarmelade eine Mischung auf dem Teller zu rühren, da wurde sie von Marianna wieder mit einem drohenden Blick ertappt. Sie blickte hinüber zu Max, der seine Frau grinsend beobachtete.

»Wie ein kleines Kind. Früher habe ich das auch gerne gemacht. Ob das noch schmeckt?«

Er fasste mit einem Löffel herüber, um sich ein bisschen von der Mischung zu klauen. Das Gewittergesicht verschwand, die Sonne schien wieder. Marianna wandte sich um und ging zurück in die Küche. Tanja atmete insgeheim auf.

Sie erzählte Max von ihren Plänen für den Tag und er nickte. »Ich bin heute nur im Büro in der Stadt und weise Antonio in die Auslandspläne ein. Er hat genug damit zu tun, Vorbereitungen für die Reisen zu treffen, einen Mitarbeiter in seine bisherige Position einzuführen und so weiter. In den nächsten vierzehn Tagen läuft es noch etwas eckig, aber halbwegs überschaubar. Wenn Antonio erstmal auf Fahrt ist, verlagert sich mein Arbeitstag auf festgelegte Zeiten im Büro und zu Hause. Ist das nicht wunderbar?«

»Ich freue mich so sehr, ich kann es dir gar nicht sagen. Aber wirst du dich dann nicht irgendwann langweilen?«

»Erstens habe ich dich, da ist an Langeweile nicht zu denken. Und zweitens höre ich ja mit der Arbeit nicht auf, sondern bleibe hier in der Stadt. Ich bin ganz normal abends zu Hause, wie es in den meisten Familien üblich ist, und an den Wochenenden können wir etwas Schönes unternehmen. Wird das herrlich...«

Tanja hörte die Sehnsucht in seiner Stimme und wurde sich zum ersten Mal darüber klar, dass umgekehrt Max sie und den Alltag mit ihr vermisste. Sie atmete aus, stand auf, ging um den Tisch herum und umarmte ihren Mann von hinten.

»Ich liebe dich so sehr. Und ich bin so dankbar, dass du nun endlich daheim bist. Ich kann es gar nicht in Worte fassen. Wie wundervoll!«

Er griff mit seinem Arm nach hinten und zog sie auf seinen Schoß. Sie schloss die Arme um seinen Hals und begann einen innigen Kuss. In diesem Moment durchzuckte ein bekannter Schmerz ihr rechtes Bein und sie fand sich auf dem Boden wieder. Verdutzt blickte Max auf sie herunter. Der Krampf ließ nach und Tanja musste unversehens lachen. Max stimmte mit ein, und in der Tür erschien Marianna mit fragendem Gesicht. Max schüttelte unter Tränen den Kopf und die Haushälterin verschwand wieder.

»Ich ahnte nicht, dass ich so elektrisch küsse.«

»Du stellst mich einfach unter Strom.«

Max reichte Tanja die Hand und zog sie wieder hoch. Vorsichtshalber aber nicht auf seinen Schoß. Er sah sie fragend an. Sie verzog ihr Gesicht und deutete auf den Hibiskus.

»Ach. Ich habe mich schon gewundert, warum er so traurig aussieht. Aber jetzt verstehe ich. Geht es dir wieder besser?«

Tanja nickte. »Ja, ich habe wirklich den Eindruck, dass diese Schüssler-Salze bereits wirken. Gestern bin ich nicht so glimpflich davongekommen.«

Sie klaute Max das fertig gestrichene Brötchen und ging wieder auf ihre Tischseite hinüber. Bei einem flüchtigen Blick auf die Uhr erstarrte sie kurz, dann begann sie hektisch, die restlichen Bissen in sich hineinzuschaufeln.

»Oh, schon wieder so spät! Beim Essen und in der Liebe vergeht die Zeit am schnellsten...«

Während Max sein weich gekochtes Ei vernichtete, stob Tanja nach einem schnell hingehauchten Kuss über den Tisch von der Terrasse. Nur nicht noch einmal in den Arm nehmen lassen, sie würde sicher schwach werden.

»Bis heute Abend, ich freue mich auf dich!«

»Ich mich auch. Und dann können wir mal den Mac in Angriff nehmen! Kussi!«, tönte es zurück.

Schon schloss sich die Haustür donnernd hinter ihr. Um im nächsten Moment wieder aufgerissen zu werden. »Verflixt, meine Aufzeichnungen!«

Ein Rascheln von Papier im Wohnzimmer, ein leiser

Fluch, ein lautes Türdonnern. Max schüttelte grinsend seinen Kopf.

Tanja erreichte im Sprint mit den Hunden den Seminarraum im Schulstall. Sie brauchte unbedingt noch etwas Ruhe zur Vorbereitung auf ihre Schülerinnen.

Wie vorauszusehen hatten sich die Gäste auf halbtags Reiten und halbtags Beschäftigung mit den Pferden geeinigt. Wegen der noch milden Temperaturen würde das Reiten nachmittags stattfinden, jetzt war Pferdepflege und Führtraining angesagt. Tanja freute sich schon auf Mareike mit Lisgast, spannend war aber sicher auch das Zusammentreffen von Samantha und Marbella. Zwei Alphatiere - mal sehen, wie das endete. Nach wie vor spukte allerdings vor allem Elinor in Tanjas Kopf herum...

Es klopfte laut und gleichzeitig öffnete sich schon die Türe. Elinor schob ihren lockigen braunen Kopf herein. Es schien, dass das Herumspuken im Geiste auf Gegenseitigkeit beruhte.

»Guten Morgen, liebste Tanja, ich hoffe, ich störe Sie nicht!«

Die Wahrheit war jetzt wohl nicht angebracht. Höflich schüttelte Tanja den Kopf.

»Natürlich nicht, kommen Sie nur herein. Ich habe selbstverständlich immer für Sie Zeit!«

Kurz schlossen sich die grünen Augen der älteren Frau, dann stimmte sie ein schallendes Gelächter an. »Ich nehme Sie damit beim Wort.«

Tanja schwirrte schon jetzt der Kopf, dabei hatten sie noch nicht einmal angefangen zu sprechen. Konnte Elinor auch Gedanken lesen? Plötzlich kam sie sich richtig hilflos vor.

Vage deutete sie auf den Stuhl auf der anderen Tischseite, damit Elinor sich setzen konnte. Diese ließ sich elegant niedergleiten und legte gleichzeitig ihre dicken Hände auf Tanjas Unterarme. Die grünen Augen bohrten sich in die blauen gegenüber. In diesem Moment fiel alle Unsicherheit von Tanja ab. Sie wurde plötzlich von einer wohltuenden Ruhe überflutet. Die Frauen sahen sich wortlos an.

Erst nach einer Weile fragte Elinor: »Na Kindchen, geht es uns nun besser?«

Wie von weiter Ferne drang die rauchige Stimme zu ihr vor. Tanja blinzelte einige Male, dann nickte sie entspannt.

»Ja, danke. Was haben Sie gerade mit mir gemacht?«

Ein kehliges Lachen. »Ich habe Sie nur geerdet. Wohl das erste Mal für Sie, oder?«

Tanja nickte schwer. Sie sah gerade rosarot. Und veilchenfarben. Irgendwie ging es ihr sagenhaft. ›Ob Joints wohl so einen Effekt haben?‹, sinnierte sie. Plötzlich überflutete sie eine regelrechte Energiewelle.

»Wow! Ich glaube, ich könnte jetzt Bäume ausreißen. Oder besser noch: alle Koppelzäune erneuern!«

Wieder lachte Elinor rauchig. »Für die Bäume sehe ich keinen Bedarf. Und an die Koppelzäune können Sie sich auch noch in zwölf Tagen wagen.«

Fragend sah Tanja Elinor an. »Hält das wirklich so lange an? Oder brauche ich nochmal eine - äh - Behandlung?«

»Ach Kindchen, bevor ich fahre, halten wir noch einmal Händchen. Sie müssen erst lernen, mit dieser Energie umzugehen. Aber keine Angst, Elli ist da! Jetzt lasse ich Sie in Ruhe, damit Sie sich weiter vorbereiten können.«

Mit diesen Worten erhob sie sich und lehnte sich über den Tisch, um unerwartet sanft über Tanjas Wange zu streichen.

»Alles ist gut, merken Sie sich das. Alles geschieht zur rechten Zeit. Sie sind hier zur richtigen Zeit. Einfach nur ein bisschen Vertrauen ins Leben, das reicht. Bis später!«

Geräuschlos glitt Elinor zur Tür hinaus.

Tanja neigte gedankenverloren den Kopf und starrte durch das Fenster in den goldenen Tag hinaus. Es fühlte sich gut an, nicht hektisch Zettel auszufüllen, sondern die Ruhe und Stille zu genießen. Sie beschloss, dieses Mal, zum ersten Mal überhaupt in ihrem Leben, zu improvisieren. Nur aus der Kraft zu schöpfen, die sie gerade durchdrang.

Sie schüttelte ihren blonden Pferdeschwanz, und hoffte, diesen Entschluss heute Abend nicht zu bereuen. Aber es fühlte sich irgendwie stimmig an.

Bevor sich die Stallgasse mit den acht Frauen belebte, ging Tanja hinüber zu ihren Pferden. Beauty sonnte sich entspannt auf dem Paddock. Mit schläfrig blinzelnden Augen beobachtete sie träge ihr Frauchen, die sich vor sie auf die Umgrenzungsstange setzte.

Noch einmal wollte Tanja intensiv die Kraft spüren, die sie vorhin durch Elinor gekostet hatte. Aber es half nichts. Die Fragen des Alltags drängten mit Macht in den Vordergrund, und sie grübelte, ob sie nicht doch zu viel Wagemut bewiesen hatte, indem sie sich nicht mit den üblichen Zetteln vorbereitet hatte. Ob noch Zeit genug war, dies aufzuholen? Unruhig sprang sie wieder auf und trabte über den Hof zum Schulstall.

Doch zu spät - die Gäste erwarteten sie bereits mit hoffnungsvollen und auch manchmal etwas ängstlichen Blicken. Jetzt war Improvisieren angesagt. Elinor zwinkerte ihr aus dem Hintergrund verschwörerisch zu. Okay, einmal tief durchatmen - und Attacke!

Wider Erwarten wurde der Vormittag zu einem vollen Erfolg. Ohne Plan. Höchst erstaunlich. Hätte Tanja das jemand vor dem Frühstück gesagt, sie hätte lauthals gelacht. Nachdem sie die Stunden gedanklich passieren ließ, lachte sie eher schon bei dem Gedanken, das alles in dieser Weise vorauszuplanen!

Ein Highlight nach dem nächsten hatte sich von selbst ergeben, sogar das Ende war fast schon unglaublich pünktlich gewesen. Im Hintergrund immer die leicht feixende Elinor, der nicht einmal bei den Führübungen mit Lafayette das Grinsen vergangen war.

Ehrlich gesagt wunderte sich Tanja schon nicht mehr, dass der schwere Wallach, der gerne eine feste und unnachgiebige Hand benötigte, sich eher wie ein Schoß-hündchen bei Elinor verhielt. Es hätte nur noch gefehlt, dass er sich auf seine Hinterhand setzte und winkte. Ein Lämmchen vor dem Herrn!

Auch Erik, der bei der Gruppe mithalf, schüttelte in gespielter Verzweiflung den Kopf.

Vermutlich dachte er daran, wie er einmal Lafayette die Hufe hatte abspritzen wollen. Leider war dies im Winter und der Braune hasste nasse Füße an einem solch kalten Tag. Das Ende vom Lied war ein nasser Erik, der von einem höchst erbosten, an den Füßen allerdings trockenen Wallach über den Hof gezogen wurde. Unter dem Gelächter von Peter natürlich. Auch Stanis hatte mühsam seine Mundwinkel kontrollieren müssen.

»Elinor, lassen Sie mich raten: Sie sprechen mit La-fayette?«

Die füllige Dame strahlte Tanja an und wurde leutselig: »Ei freilich, die Tierchen müssen ja schließlich verstehen, was wir von ihnen wollen. Sehen Sie, wenn ich Sie irgendwohin schleife, werden Sie auch zurückhaltend sein. Wenn ich Ihnen aber vorher erkläre, was ich mit Ihnen vorhabe, kommen Sie gerne freiwillig mit.«

Tanja zweifelte diese Aussage an. In die Hölle würde sie freiwillig trotz vorheriger Ansage sicherlich nicht laufen. Auch nicht mit Elinor.

Diese zwinkerte sie spitzbübisch an und meinte: »Natürlich nur an gute Orte.«

Erik mischte sich ein und enthob damit Tanja der Antwort. »Für Lafayette ist die Waschbox nicht immer unbedingt ein guter Ort.«

Tanja hüstelte und verbarg ihr Grinsen hinter der vorgehaltenen Hand.

»Wenn du ihm vorher erklärst, dass das gut für seine Gesundheit ist, dann kommt er auch mit. Schau doch!«

»Ja klar, heute ist es warm und sonnig. Im Winter hält er dagegen nichts von Wasser.«

Wie zur Bestätigung rieb Lafayette ganz sacht seinen schweren Kopf an Elinor.

»Wenn du schon Eisbeine hast, willst du dann auch noch Eiszapfen daran haben? Oder sollen Eiswürfel herunterfallen?« Elinor schaute empört den Lehrling an, der sie mit großen Augen musterte.

Dann wanderte Eriks Blick zu Tanja, die bei der bildlichen Beschreibung vor Lachen den Tränen nahe war. Von deren Seite konnte er wohl keine Unterstützung erhoffen. Aber dann nahm auch er das Ganze sportlich und grinste.

»So, so, Eisbein also. Das merke ich mir für Notzeiten, du Schlitzohr!« Und zog an besagtem. Lafayette quittierte dies mit einem energischen Schubs in Richtung von Eriks Brust. Alle lachten.

»Jaja, Männer unter sich. Dabei benimmt sich Lafayette mir gegenüber wie ein echter Gentleman!«

Elinor trennte sich nur schwer von ihrem Liebling, um bei den Übungen der anderen dabei zu sein. Doch die Neugier siegte letztendlich. Sie wollte doch soviel als möglich mitbekommen. Also brachte sie den großen

Wallach in seine Box und versprach ihm, später noch mit viel Zeit für Streicheleinheiten und Möhrchen vorbeizukommen.

Zu Tränen rührte die Frauen anschließend das Führtraining von Lisgast und Mareike. Diese hatte die Stute zunächst alleine geputzt - an sich schon eine Meisterleistung für die unerfahrene, schüchterne Frau, die den anderen bei der Pferdepflege zugesehen hatte - und dann in die kleine Halle geführt, die sich über den offenen Säulengang am Ende des Stalles erreichen ließ.

Die restliche Gruppe befand sich mittlerweile auf der kleinen Empore, die an der Längsseite der Halle entlanglief, durch die hölzerne Bande vom Viereck getrennt. Hinter ihnen war die Halle ab der Bande durch Windnetze geschlossen; gegenüber konnten sie durch die Säulen, ebenfalls auf halber Höhe, in Richtung Künstlerdorf sehen. Damit herrschte immer ein angenehmer Luftzug, der vor allem im Sommer höchst willkommen war.

Tanja beschloss, zunächst einmal gar nichts zu machen.

Mareike war mit Lisgast in der Mitte stehen geblieben. Sie wandte sich fragend in Richtung Tanja, die sie anlächelte und eine einladende Geste andeutete. Mareike verstand. Sie drehte sich zurück und begann, die Stute zu streicheln und leise auf sie einzureden. Lisgast ließ die Ohren, dann den Kopf und letztlich den Hals hängen. Wie ferngesteuert setzte sich Mareike zu ihren Füßen hin, immer noch den Kopf streichelnd, der tief vor ihr hernieder hing.

Tanja ahnte mehr, als sie es sah, dass Mareike zu weinen begonnen hatte. Stille, sachte Tränen. Gelegentlich zuckte der Rücken der schmächtigen Frau. Die Stute verharrte reglos vor ihr. Nach einer ganzen Weile begann das Pferd, ihr das Gesicht abzuschlecken. Erst erstarrte Mareike, dann gab sie sich ganz der Zärtlichkeit hin. Sie stand auf, drückte ihr Gesicht in die dicke Mähne des Ponys und umfasste den Hals mit beiden Armen. Schließlich wandte sie sich zur Gruppe und zu Tanja um. Sie strahlte.

Den Frauen schien es ähnlich ergangen zu sein wie Tanja, denn alle schluckten mühsam die aufsteigenden Tränen der Empathie herunter. Was hatte sich da bloß ereignet?

Einmal mehr wollte sich die Kursleiterin durch einen Blick bei Elinor Rat holen, doch auch diese schniefte laut in ihr Taschentuch.

»Schön, nicht?«, fragte die dicke Frau schließlich in die Runde.

»Überwältigend!«, kam die Antwort von Sandra, die sonst eher ruhig und in sich gekehrt wirkte.

»Ich hatte regelrecht Schmetterlinge im Bauch!«, rief Julia. Ihre Freundin Andrea sah sie an und meinte: »Bei mir war es wie ein Tanz über den Regenbogen.«

Samantha schüttelte nur den Kopf und wandte sich halb ab. Mit leerem Blick stierte sie zu Boden. Mareike kam strahlend zur Gruppe. Lisgast folgte ihr mit nachschleifendem Strick auf den Fuß. Beide wirkten irgendwie - geerdet.

Ja, ein anderes Wort fiel Tanja nicht ein. Staunend stand sie vor diesem Ereignis. Auch Lisgast schien es plötzlich merklich besser zu gehen. War sie gerade Zeugin eines Wunders geworden? Wieder blickte sie zu Elinor, wie auch der Rest der Gruppe.

»Ich glaube fast, ihr habt euch beide gemeinsam geheilt. Die eine Einsame hilft der anderen Verlassenen. Schätzchen, du hast wohl die Tränen geweint, die Lisgast nicht vergießen kann. Zumindest ist das mein Empfinden.« Sie hob die breiten Schultern und ließ sie wieder sinken. Dann zeigte sie erneut ihr etwas wölfisches Grinsen.

»Wie geht es nun weiter, Tanja?«

Die schüttelte zunächst etwas ratlos den Kopf, dann deutete sie mit dem Kinn zu Samantha. »Hätten Sie Lust, mit Marbella fortzufahren? Ein weiteres Training mit Mareike und Lisgast ist meiner Meinung nach überflüssig.«

Samantha gab sich einen Ruck und nickte. Sie drehte sich um, öffnete im Herausgehen das Tor für Mareike und ihre Stute und entfernte sich zum Stall.

Letztere schwebte wie auf einer rosaroten Wolke aus der Halle und ward bis zum Ende des Vormittags nicht mehr gesehen.

Als Samantha mit Marbella an der Hand die Reithalle betrat und Tanja das Tor hinter ihnen schloss, überkam sie mit einem Mal die Idee, das Vorangegangene würde sich auf wundersame Weise wiederholen. Dachte sie.

Marbella und Samantha sahen das offensichtlich anders.

Zunächst mühte sich Samantha damit ab, die Leitstute aggressiv zu führen und am Überholen zu hindern. Schließlich bat Tanja die Frau, den Führstrick abzunehmen und zu warten, was passieren würde. In dem Moment, als Marbella den Karabinerhaken aufschnappen hörte, drehte sie sich blitzartig auf der Hinterhand um und galoppierte erst einmal mehrere Runden mit aufgestelltem Schweif. Sie bockte wild nach allen Seiten und bot das Bild eines aus der Hölle entflohenen Teufelsbiestes. Samantha stand mit offenem Mund in der Mitte, während sich Tanja der Magen zusammenkrampfte. Was, wenn der Teilnehmerin durch dieses Verhalten etwas passierte?

Abrupt bremste Marbella zum Halten ab. Sie wandte ihren hoch erhobenen Kopf in Richtung Samantha. Durch die weit geöffneten Nüstern schnorchelte sie laut der Frau zu. Diese stand reglos in der Mitte, die Arme baumelten wie Fremdkörper an ihren Seiten herunter. Nochmals schnaufte die Stute laut, die aufgerissen blutunterlaufenen Augen konzentriert auf Samantha gerichtet. Die beiden beobachteten sich scharf.

Dann drehte die Stute ab, durchmaß wieder die Halle mit aufgestelltem Schweif und erhobenem Kopf. Allerdings dieses Mal in einem spektakulären Trab. Sie wendete beifallheischend ihren Kopf zu den Frauen auf der Empore, die ebenfalls alle wie zu Salzsäulen erstarrt wirkten und die Luft anhielten.

Schließlich stand sie wieder auf einen Ruck hin still, fixierte Samantha und setzte sich nach einer Weile im Schritt in Bewegung. Direkt auf die Frau zu. Doch Samantha zuckte nicht zurück.

Die Stute war bei ihr angelangt und blieb stehen. Lange passierte nichts, dann wurde Marbella offensichtlich langweilig. Sie wandte sich ab und durchstreifte langsam im Schritt die Halle. Interessanterweise ignorierte sie die Frauen auf der Empore nun völlig. Stattdessen lief sie erneut mit angelegentlich abgewendetem Kopf in die Mitte, als würde Samantha nicht an dieser Stelle abwarten.

Nun drehte sich die Frau um und schien die Halle verlassen zu wollen. Dies lag aber nicht im Interesse von Marbella, die ihr energisch den Weg abschnitt und drohend vor ihr stehen blieb. Sie legte die Ohren an und bleckte die Zähne.

Tanja sprang los, wurde aber im letzten Moment von Elinor am Weiterlaufen gehindert. Ungeachtet der Störung ließen sich Samantha und die Stute nicht für den Bruchteil einer Sekunde aus den Augen. Plötzlich stieß Samantha einen schrillen Schrei aus und begann, rückhaltlos zu weinen. Eine tiefe Verzweiflung brach sich Bahn. Die Stute senkte ihren Kopf und begann zu kauen. Mehrere Minuten vergingen, die Tränenflut schien kein Ende zu nehmen. Endlich strich sich die Frau die Tränen und die verworrenen Haare aus dem Gesicht und wagte es, zu Marbella zu blicken.

Diese musterte sie interessiert aus klugen Augen, die

Ohren wach nach vorne gerichtet.

»Danke«, murmelte Samantha und trat an Marbella heran. Diese schnoberte erst in Samanthas Haar und blies es in alle Richtungen, dann drängte sie sich an die Frau. Verblüfft begann diese, die Stute zu streicheln und zu kraulen. Ganz offensichtlich an den richtigen Stellen, denn Marbella zog genießerisch die Oberlippe in die Höhe. Mit einem Lachen löste sich ihre Spannung und auch die Frauen auf der Tribüne stimmten mit ein. Erleichterung war deutlich spürbar.

Samantha kam heran, die Stute auf gleicher Höhe, und meinte nur: »Ich bin noch nicht bereit, darüber zu sprechen. Aber ich denke, ich habe einiges gelernt und begriffen. Bis später.«

Sprachs und ging mit Marbella aus der Halle, um sie in ihre Box zu bringen.

Die zurückgebliebenen Frauen begannen, sich lauthals über die Ereignisse zu unterhalten. Ein gewisser Nervenkitzel war da - wie würden sich die anderen Pferde verhalten? Und - wollte man das wirklich erleben?

Elinor winkte beschwichtigend ab - nur wenn man bereit dazu sei, würden Pferde in diesen doch sehr speziellen Kontakt treten. Melanie, Sandra und Kathrin wirkten erleichtert. Andrea und Julia hingegen begeistert.

Deshalb wurde beschlossen, dass erstere das ganz normale Führtraining absolvieren sollten und dazwischen die beiden Mädchen ihren ureigensten Erfahrungsaustausch mit den Pferden erleben durften.

Sowohl Andrea und als auch später Julia setzten sich zu ihrem Wallach in die Mitte der Reithalle und das jeweilige Pferd schien sich mit ihnen zu beschäftigen. Allerdings gab es bei ihnen nicht das Spektakuläre, Unerwartete wie bei Mareike und Samantha. Trotzdem kehrten beide glücklich strahlend zurück in die Runde und verbreiteten eine Atmosphäre der Ruhe und Entspannung. Tanja war zufrieden. Der wagemutige Versuch hatte sich gelohnt.

Auf dem Weg zum Mittagessen im Künstlerdorf liefen Elinor und Tanja Seite an Seite. Der Rest der Gruppe war dicht bei ihnen, wie ein enger Bienenschwarm.

»Was hat es damit auf sich?«, wollte Tanja sofort von ersterer wissen.

»Mit was? Mit dem herrlichen Wetter, dem schönen Tag, dem ganzen Leben?« Ihre Begleiterin zwinkerte Tanja schelmisch zu. »Mit den Männern und der Liebe? Jaja, ich weiß doch, was Sie meinen, Herzchen. Nur etwas Geduld. Ein wenig aufziehen werd ich Sie wohl dürfen.« Das breite Grinsen enthüllte Elinors weiße Zähne. In der Sonne funkelte ein Strasssteinchen in einem Schneidezahn auf. Tanja registrierte es verblüfft. Diese Frau setzte sie immer wieder in Erstaunen.

»Also, es ist ja nun so, dass ein Pferd ein Fluchttier ist. Deshalb muss es immer die Tiere um sich herum einschätzen können. Haben Sie schon mal bemerkt, dass eine Herde nicht laut ›Vorsicht!‹ ruft, wenn eine

Gefahr herankommt? Stattdessen drehen sich alle gleichzeitig weg, alle rasen gleichzeitig in dieselbe Richtung davon. Ich denke mir, dass sie über Gefühle reagieren. So, wie wenn man einen Raum betritt und sofort spürt, dass alle aufgeregt sind. Oder man trifft einen Menschen und alle Alarmglocken bimmeln. Es kommt doch immer vom Bauchgefühl. Jetzt haben aber Pferde doch erheblich mehr Bauch als wir. Und sind zudem geübt darin, Stimmungen aufzufangen. Ihr Überleben hängt immerhin davon ab zu erkennen, ob der Löwe im Gras satt und zufrieden oder aber hungrig ist. Meiner bescheidenen Meinung nach spürt jedes Pferd, mit welcher Stimmung sein Frauchen in den Stall kommt. Auch wenn man strahlt, dass jeder Mensch geblendet ist - die Pferde sind es eben nicht.«

»Heißt es nicht, das Pferd ist dein Spiegel?«, piepste es von hinten. Julia hatte sich herangedrängt, und stupste Elinor an.

Diese drehte sich zu ihr um und nickte. Mit ihrer rauchigen Stimme antwortete sie dem Mädchen. »Du sagst es. Diese Strahlefrau setzt sich also auf ihr Pferd und dieser Esel, so meint sie, führt sie vor. Nichts klappt, alles läuft schief - und am Schluss hat der blöde Bock Schuld. Wird halt wieder ein neuer gekauft. Bloß nicht darüber nachdenken, dass das Pferd alles exakt umgesetzt hat - die Verwirrung und die Lügen seiner Reiterin inklusive!«

»Das ist aber echt krass, oder?« Andrea musterte Elinor doch etwas kritisch.

Sandra und Melanie warfen sich einen Blick zu, der alles bedeuten konnte. Kathrin schüttelte nur den Kopf.

»Du kannst sogar am Pferd erkennen, welche Krankheiten es für seinen Besitzer trägt. Ich kenne eine Frau, die hat vier Pferde verschiedenen Alters. Jedes hat ein Problem mit Husten. Jetzt könnt ihr dreimal raten, was die Frau hat... oder eben nicht auslebt. Ich habe da ja meine eigene Theorie, und die hängt mit der Chinesischen Medizin zusammen. Dort sieht man als Ursache von Atemwegsproblemen ungelöste Trauer. Ja, und vielleicht unterdrückt diese Frau einen Kummer, den ihre Pferde für sie ausleben.«

Befremdet blickten sich Sandra, Melanie und Kathrin an. Sie fielen etwas zurück und begannen zu tuscheln.

Tanja sah zu Elinor hinüber und fragte sich, ob Beauty wohl gelegentlich etwas steif in der Hinterhand war, weil sie selbst leichte Probleme mit Arthritis in den Beinen hatte. Da fiel ihr ein - selbst ihre Hunde waren nicht dagegen gefeit. Aufgeregt fragte sie nach: »Übernehmen das auch andere Tiere, ich meine Hunde oder Katzen?«

Elinor nickte. »Ei freilich, das haben wir doch jeden Tag in der Praxis. Ich sag immer zu meinem Mann: Männe, sag ich, du solltest lieber gleich den Besitzer mitbehandeln, da hast du zwei Fliegen mit einer Klappe geschlagen und auch gleich noch etwas Gutes getan. Aber er will ja immer nicht hören. Meint, dass er Viehdoktor ist und kein Psychiater. Aber ich sag euch was - manchmal fällt mir das Stillschweigen schon verdammt schwer…«

Tanja grinste in sich hinein und stellte sich vor, wie ein unbedarfter älterer Herr mit krankem Dackel von Elinor zu hören bekam, er solle gefälligst mal etwas an sich ändern, bevor er seine Probleme auf einen unschuldigen Hund übertrug.

Mittlerweile war die Gesellschaft im Speisesaal angekommen und die Gruppe verstreute sich zum Essenfassen.

Ehe Tanja sich von den herrlich duftenden Gerichten - ganz besonders stieg ihr gerade das Saltimbocca in die Nase - auftun konnte, erschien Köchin Elvira in der Tür und winkte ihre Chefin hektisch zu sich. Noch bevor Tanja sie erreicht hatte, war die ältere Frau bereits wieder in der Küche verschwunden.

Als Tanja diese betrat, fühlte sie sich an ein Horror Video im Stil von ›Ich weiß, was du letzten Sommer getan hast‹ erinnert. Die sonst auf höchste Sauberkeit polierte Küche war blutverschmiert. In der Ecke kauerte Alessandro, der junge Küchengehilfe von Elvira. Mit schmerzverzerrtem Gesicht hielt er sich die linke Hand, um die notdürftig ein frisches Handtuch gewickelt war. Auch daraus drang bereits das Blut hervor.

»Was ist passiert?«, presste Tanja zwischen den mittlerweile weißen Lippen hervor.

»Alessandro ist beim Filetieren mit dem Messer abgerutscht und hat sich geschnitten!«

»Mach mal bitte das Handtuch auf, damit ich mir das ansehen kann!«

Alessandro nickte jämmerlich und nahm mit bleichem Gesicht das Handtuch ab. Zunächst sah Tanja nur Blut, dann erkannte sie erleichtert, dass der Küchenjunge viel Glück gehabt hatte. Die Kuppen von Zeige- und Mittelfinger waren zwar fast durchtrennt - allerdings nur oberflächlich, knapp an der Haut, wo bereits eine rege Durchblutung stattfand. Ring- und kleiner Finger hatten zwar auch tiefe Schnitte, aber letztlich hielt sich der Schaden in Grenzen.

Erleichtert atmete Tanja auf. »Vorsichtshalber fahre ich dich jetzt ins Krankenhaus, da sollen die Ärzte deine Finger untersuchen und behandeln. Ich hole schnell das Auto, du bleibst still hier sitzen und Elvira gibt dir ein neues Handtuch. Nein, legen Sie vielleicht besser noch zwei bis drei für die Fahrt bereit. Und geben Sie im Krankenhaus schon mal Bescheid, dass wir gleich kommen!«

Als Tanja sich umdrehte, um die Küche zu verlassen, kam ihr der Gedanke, dass sie manchmal doch etwas übertreibe. Ja, es gab einige Blutspritzer. Aber sicher nicht die Massen, die man beim Zerteilen von lebendigen Körpern mit der Motorsäge erzeugte... Sie schüttelte erleichtert den Kopf und verließ eilig Küche und Künstlerdorf, um mit dem Rad von Elvira schnellstmöglich zu ihrem Auto beim Herrenhaus zu gelangen.

Während Tanja im Krankenhaus auf Alessandro wartete, schickte sie Diana eine Nachricht per SMS über ihren Aufenthaltsort. Sie bedauerte, deshalb nicht mit den Frauen auf der Koppel zu sein, um zu plaudern. Schließlich wollte sie unbedingt ihrer Freundin von all den unglaublichen Dingen erzählen, die sie heute Vormittag erlebt hatte. Und sie musste unbedingt von Elinor erfahren, was das alles auf sich hatte. Am schlimmsten quälte sie jetzt allerdings der Hunger.

Seufzend setzte sie sich wieder, um im nächsten Moment aufzustehen und ihre Kreise im Wartebereich fortzusetzen. Hoffentlich war Alessandro wirklich nur leicht verletzt und konnte gleich entlassen werden.

In diesem Moment ging die Tür zum Behandlungsraum auf und ein noch blasser Alessandro erschien. Der Arzt gab ihm freundlich die Hand und reichte ihm einige Schachteln mit Medikamenten.

Der Küchenjunge erblickte Tanja, die auf ihn zuging und nickte ihr erfreut zu. »Alles in Ordnung, Gott sei Dank! Es brauchte nicht einmal genäht werden. Ich habe nur die richtigen Stellen getroffen, deshalb so viel Blut. Die arme Elvira! Ihre schöne Küche…«

Tanja lachte. »Ich würde sagen, gut wie es ist! Elvira ist sicherlich auch froh, dass du nur oberflächliche Wunden davongetragen hast und nicht irgendwelche Folgeschäden entstehen. Außerdem wird sie glücklich sein, wenn du ihr weiterhin zur Hand gehen kannst. Sie ist ja schon fast abhängig von deiner Hilfe! Nur ans Filetieren wirst du dich wohl einige Zeit nicht mehr wagen dürfen.«

Mit diesen Worten schob sie Alessandro durch die automatische Tür der Notaufnahme hinaus in Richtung

Parkplatz.

Auf dem Weg zur Reitanlage blieben sie noch kurz stehen, um ein Panino für jeden mitzunehmen, dazu aus der Bäckerei nebenan zwei süße Teilchen und einen Kaffee. Tanja grinste zufrieden. Prioritäten setzen! Und die italienischen süßen Teilchen liebte sie so sehr....

Nachdem sie Alessandro bei ihm zu Hause abgeladen und auf den Schrecken hin einen Kaffee mit ihm und seiner aufgeregten Mutter getrunken hatte, kam Tanja etwas müde zu Hause an. Für ein sehr kurzes Hinlegen würde es wohl noch genügen.

Nur eine Viertelstunde später stand sie entschlossen wieder auf und lief mit den Hunden in Richtung Reitanlage. Die Sonne schien ihr ins Gesicht und sie seufzte wohliglich.

Glücklicherweise verliefen die Reitstunden der beiden Gruppen harmonisch. Bei Samantha und Marbella meinte Tanja ein besseres Verständnis wahrzunehmen. Vielleicht war das aber auch nur Einbildung.

Anschließend, auf dem Weg zum Künstlerdorf, schwärmten ihr die Frauen, die am Zeichenkurs teilgenommen hatten, von dem Spaß vor. Auch Mareike begann aufzublühen - ihre Wangen wurden zumindest schon rosig! Zudem schloss sie sich der Gruppe an statt alleine zu bleiben.

Julia schien ein regelrechtes Talent zu sein und die Stimmung der Pferde zielsicher einfangen zu können. Andrea meinte hingegen lachend von sich, sie sei wohl eher zur Karikaturistin geboren.

Tanjas Handy summte, eine Nachricht von Max. Er schrieb, dass es heute Abend wieder später werden würde, und tröstete sie - und wohl auch sich selbst - damit, dass die verbleibende Zeit mit Überstunden und einsamen Abenden jetzt an zwei Händen abzählbar sei.

Sie seufzte und sah bereits wieder einen Vorteil an dieser Enttäuschung. Sobald sie den Speisesaal erreicht hatten, sonderte sie sich ab, um Diana anzurufen.

»Hallöchen, na, wie war dein Kurs? Ich habe schon viel Positives gehört!«

»Höchst unterhaltsam, ich kann dir sagen! Wie geht es Alessandro?«

»Der ist glücklicherweise vom Schlimmsten verschont geblieben. Ein paar große Pflaster haben gereicht. Zumindest war es werbewirksam... Elvira hat sich schwere Vorwürfe gemacht und möchte ihn erstmal von den scharfen Messern fernhalten. Hat Elinor etwas Interessantes von sich gegeben?«

»Sie hat sich dezent zurückgehalten. Schade eigentlich. Jetzt war ich schon ganz gespannt. Aber ich habe sie auf jeden Fall für morgen Abend eingeladen. Geht ihr heute nach dem Essen mit ins Dorf?«

»Ich weiß noch nicht. Max kommt auf jeden Fall erst spät heim und wenn ich ganz ehrlich bin, wäre heute mal etwas Ruhe angesagt. Außerdem will ich zu Hause sein, wenn er eintrifft. Willst du nicht nachher schnell zu mir rüberkommen?«

»Wäre eine Möglichkeit. Was gibt es denn zum Abendessen?«

Typisch, das war ihre Diana! Andererseits - sie waren sich in einigen Beziehungen doch ziemlich ähnlich. Nachsichtig grinsend schüttelte sie den Kopf.

»Ich kann Marianna Bescheid geben, dass du kommst. Sie wird sich bestimmt etwas Nettes für dich einfallen lassen. Dann profitiere ich gleich doppelt davon - deine Gesellschaft und ein feines, kleines Menü!«

»Ist eigentlich noch etwas Interessantes heute passiert?«

»Das hebe ich mir für nachher auf. Sonst hast du nicht genügend Anreiz zu kommen!«

Empört antwortete Diana: »Na, wenn nicht wegen Mariannas großartigen Spezialitäten oder zumindest wegen deiner Gesellschaft - dann doch wenigstens wegen des süffigen Proseccos, der sicher schon für uns auf Eis liegt!«

Tanja hörte Diana lachen, bevor sie sich einen schönen Nachmittag wünschten.

Schnell rief sie Marianna an, um sie über den abendlichen Besuch zu informieren, dann wandte sie sich wieder ihren Schülerinnen zu, um mit ihnen über verschiedene Fragen zu diskutieren.

Die Stunden vergingen wie im Fluge und ehe sich Tanja versah, stand sie schon wieder mit Mortimer und dem stets anständigen Charles vor ihrem Haus.

Bevor sie öffnen konnte, glitt die Tür wie von Geisterhand auf. Dahinter erschien das Gesicht ihrer besorgten Haushälterin.

»Wie geht es Alessandro? Ich habe es von Elvira erfahren und das hörte sich sehr gefährlich an!« Nanu, so sprudelte Marianna selten.

»Alles in Ordnung oder zumindest bald wieder. Ich war mit ihm in der Notaufnahme und er hat ein paar Pflaster auf die Schnittwunden bekommen. Er darf sogar morgen schon wieder arbeiten. Allerdings will Elvira ihn nur mit Handlangertätigkeiten beschäftigen. Das schmeckt ihm natürlich gar nicht. Aber ich habe es auch seiner Mutter versprochen.«

»Wie hat sie es aufgenommen? Sie war immer gegen diese Arbeit, sagt, es passe gar nicht zum Naturell ihres Jungen.«

»Das sieht Alessandro wohl ganz anders. Er träumt von einer großen Karriere in einem tollen Restaurant. Sobald er volljährig ist, will er sich bewerben. Und sich gegen seine Mutter durchsetzen...«

»Daran glaube ich noch nicht. Er ist ein braver italienischer Junge und tut das, was seine Mamma für das Richtige für ihn hält. Sie glaubt wohl, dass Elvira als ihre beste Freundin ihm seine Flausen noch austreibt.«

»Finden Sie wirklich, dass Alessandro seine Träume nicht leben sollte? Ich meine, es ist doch immerhin sein Leben!«, empörte sich da Tanja. Sie dachte an die vielen Kinder, die von ihren Eltern gezwungen wurden, Hobbys auszuüben, die die Mütter oder Väter in ihrer Kindheit selbst so gerne betrieben hätten. Die sich nun über ihre Kinder damit befriedigten, stolz und froh, sich und ihren Sprösslingen das jetzt leisten zu können.

»Principessa, Sie wissen, ich habe manchmal etwas

andere Ansichten als Sie und auch als der Rest der Welt, aber Erziehung ist nun einmal Erziehung, und ein italienischer Junge macht das, was seine Mutter denkt. Basta! - Da fällt mir ein: Ist es denn Zufall, dass Alessandro hier in der Küche arbeiten darf?!?«

Tanja duckte sich ein klein wenig und gestand damit der Haushälterin ein, dass ihr Verdacht nicht ganz unbegründet war.

»So. Sie unterlaufen also mal wieder die allgemeine Überzeugung von Erziehungsfragen. Nur weil Sie es anders sehen, muss nicht die ganze Welt so denken! Und Alessandro wäre hier in der Nähe seiner Mutter besser bedient als irgendwo in der Fremde, wo er gar niemanden kennt!«

»Hm. Mir scheint er doch recht selbständig und clever genug. Aber letzten Endes ist das auch weiterhin Alessandros Entscheidung. Ich helfe nur da, wo ich darum gebeten werde. Apropos, haben Sie den Snack für Diana und mich schon fertig?« Mit strahlendem Lächeln schob sich Tanja an ihrer Haushälterin vorbei in den Flur und steuerte die Küche an.

Diese folgte ihr grummelnd, war aber angesichts der Vorfreude auf Tanjas Gesicht gerne bereit, das Thema Erziehung auf sich beruhen zu lassen.

»Mmh, das sieht aber lecker aus! Von wegen Snack, Sie haben ja fast ein kaltes Buffet gezaubert!«

Stolz baute sich Marianna neben ihrem Werk auf. Bevor sie allerdings etwas sagen konnte, klingelte es an der Tür. So watschelte sie stattdessen schnell zum Eingang, wo sie sich über einen Strauß Blumen freute, den Diana für sie unterwegs gepflückt hatte.

Gemeinsam kamen sie in die Küche, wo auch die Freundin gebührend den duftenden Aufbau bewunderte, bevor Marianna das große Tablett voller kalter Köstlichkeiten in die Hand nahm und zur Terrasse bugsierte. Vor Vorfreude lachend, folgten ihr die beiden Frauen, mit Salatschüsseln und Brot bewaffnet.

»Für Ihren Mann habe ich noch etwas im Kühlschrank zurückgestellt. Nur für den Fall, dass nichts übrigbleiben sollte!« Angelegentlich hob die Haushälterin eine Augenbraue und blickte Tanja an.

Diana kicherte und meinte, das könne sie sich gar nicht vorstellen. Auch Tanja grinste schelmisch. Daraufhin verabschiedete sich Marianna und bedachte Diana nochmals mit einem dankbaren Blick, wohl der von ihr mitgebrachten Blumen wegen.

Kaum war sie aus der Tür, stürzten sich die beiden Freundinnen voll Heißhunger auf die eingelegten, davor leicht angebratenen Gemüsestückchen und die gefüllten Oliven.

»Wann hast du eigentlich das letzte Mal gegessen?«, fragte Tanja ihre Freundin.

Diese antwortete mit vollem Mund: »Heute Vormittag, bevor ich zur Malstunde auf die Koppel gefahren bin. Und du?«

»Mittags schnell ein Panino, nach der Notaufnahme mit Alessandro.«

»Sonst nichts? Dann haben wir beide es wohl verdient…«

»Zwei Teilchen. Aber die zählen nicht. Hängt schließlich ein …chen dran.«

Diana gluckste vor Lachen. »Na denn - Prost!«

»Cheerio«, tönte es fröhlich von Tanja zurück. »Übrigens hatte ich gerade wieder eine Diskussion mit Marianna über die Vereinnahmung der Kinder. Ich habe den Eindruck, dass eine italienische Mamma niemals freiwillig ihren Sohn ziehen lässt. Alessandro soll nach den Vorstellungen seiner Mutter hier im Dorf bleiben und seinen Traum, eine Ausbildung zum Koch zu absolvieren, einfach für sie aufgeben.« Frustriert lehnte sich Tanja zurück und betrachtete ihre Freundin.

Diese sah sie erstaunt an. »Weshalb hängst du dich denn da rein? Wenn er es durchziehen will, dann wird er es schon bewerkstelligen. Aber das hat mit dir doch nichts zu tun.«

»Er ist immerhin mein Angestellter. Da geht mich sein Seelenheil durchaus etwas an!«

»Ja, er ist dein Angestellter. Es ist toll, dass du ein offenes Ohr für ihn hast. Es ist auch schön, wenn er weiß, dass er in dir Rückhalt findet. Aber alles andere ist ausschließlich seine Sache. Es hilft weder ihm noch dir, wenn du anfängst, Wellen zu schlagen und Fronten aufzubauen.«

Tanja traute ihren Ohren kaum. Soviel Gleichmut hatte sie von ihrer Freundin nicht erwartet. Eher, dass sie mit ihr in die Bresche sprang und Alessandro gegen die dominanten Mammas unterstützte.

»Jetzt schau mich nicht so erbittert an. Mal ganz ehrlich: Wenn Alessandro seinen Traum verwirklichen möchte, dann setzt er sich durch. Wenn er dich um Rat bittet, der legal ist, dann gerne. Aber ihm Hilfestellungen konstruieren, das geht gar nicht!«

Tanja war sprachlos. »Wie meinst du das denn?«

»Sieh mal, es nützt weder dir noch ihm, wenn du ihn aufstachelst. Er muss das als erstes mit sich und dann mit seiner Mutter klären. Wenn er weiß, was er wirklich möchte, wird er bei Fragen sicherlich auch bei dir vorstellig werden. Du hast es ihm schließlich angeboten. Aber alles andere geht dich nichts an. Nicht ob, wo und wann er seine Ausbildung bei wem macht. Es ist sein Leben, nicht deines! Manchmal vergessen wir vor lauter Mitgefühl, dass nur der Betroffene selbst am besten weiß, was für ihn gut ist. So geht jeder seinen Weg.«

Tanja hatte noch nicht recht begriffen, wollte aber nicht nachfragen, sondern später darüber sinnieren. Deshalb nickte sie nur und griff wieder zu ihrem Sektglas.

»Was ist denn nun Spannendes passiert?« Diana schob sich ein gefülltes Ei in den Mund und wischte mit einer Serviette hinterher. Dann ließ sie sich entspannt in die Kissen zurücksinken.

»Beim Reiten nichts besonderes. Die Mädels hatten alle ihren Spaß. Manchmal denke ich, man sollte die Pferde bei einem passenden Reiter auch mal gehen lassen. Aber wenn ich bei jedem Kurs nur ein Pferd verkaufe, habe ich ganz schnell gar keines mehr.«

»Du hast doch genug junge Pferde. Und von deinen eigenen reitest du doch höchstens drei mehr oder weniger ständig. Davon kannst du doch auch welche in den Betrieb nehmen.«

Nachdenklich strich sich Tanja eine vorwitzige Strähne aus der Stirn. »Wahrscheinlich hast du recht. Ich sehe die Leute fast zwei Wochen lang und kann sie dadurch viel besser einschätzen als normale Käufer. Ich muß mir darüber Gedanken machen. Mit dem neuen System des einen bestimmten Pferdes für die Zeit des Kurses ist das durchaus eine interessante Möglichkeit.«

»Tu das. Also ist das Spannende vormittags passiert? Was habt ihr denn Aufregendes unternommen?« Diana beugte sich neugierig vor und da sie schon auf dem Weg war, wanderte ein Stückchen gegrilltes Huhn in ihren Mund.

Tanja ihrerseits hatte den leckeren Thunfischsalat für sich entdeckt und gerade einen großen Löffel voll davon genommen. Endlich schluckte sie und grinste Diana entschuldigend an.

»Davon solltet du mal probieren. Fantastisch! Ich gehe morgen auch Blumen für Marianna pflücken! Das lohnt sich!«

»Was ist denn jetzt mit dem Vormittag?!« Spielerisch knuffte Diana die Freundin in die Seite, um daraufhin mit dem Sektglas wieder in den Kissen zu versinken.

»Das, meine Liebe, war in der Tat bemerkenswert! Samantha und Mareike hatten eine Art Coming out. Das war alles völlig ungeplant. Urheber war mal wieder - rate doch!« Tanja verdrehte die Augen und Diana lachte lauthals.

»Unsere Tierkommunikatorin? Die ist echt der Hammer!«

»Ja, sie kam vormittags zu mir, hat mich regelrecht aufgeladen. Das war wirklich beeindruckend! Mir ging es danach - ich weiß auch nicht - wie auf Wolke sieben! Deshalb hatte ich keine wirkliche Struktur für den Vormittag erarbeitet.«

»Wer dich kennt, wird das nicht glauben. Tanja und planlos! Das ist wie - Regen ohne Wolken!«

»Genau so war es! Keinen Zettel, keine Planung, kein Nichts von alledem!«

»Ich staune... Da bewegt sich allerhand in deinem Kurs!«

»Das darfst du glauben! Und das Tollste an allem: nachdem ich fast in Ohnmacht gefallen bin, weil ich ohne Plan dastand, entwickelte sich alles wie von selbst, besser, als wenn ich es organisiert hätte! Ich bin gespannt; wenn es weiter so läuft, kann ich mir die ganze Zeit dafür sparen!«

Diana schmunzelte. »Endlich sprechen wir die gleiche Sprache! Ich dachte schon, nur Künstler wären dafür geschaffen. Wenn jetzt sogar schon die Organisatorin in Person dem Zufall vertraut...« Nun erntete Diana nebst einem bösen Blick auch noch ein weiches Kissen an den Kopf.

»Ich bemühe mich redlich. Da tut es nicht not, darüber zu spotten…«

»Ja, ja, schon recht, ich versuche dich nur zu unterstützen! Du wirst also kreativ…«

Versonnen blickte Diana ihre vertraute Freundin an. Eine rationale Frau durch und durch, eine ehemalige Bankerin, die sich zuerst in das Abenteuer Reitschule in Italien und jetzt - unfreiwilligerweise - in substanzielle Abenteuer stürzte. Das könnte spannend werden!

»Jedenfalls absolvierten Samantha und Mareike kein normales Führtraining, sondern die Pferde arbeiteten stattdessen mit ihnen. Du hättest Marbella sehen sollen! Wie eine Furie aus der Hölle! Sie gebärdete sich wie wild, bis Samantha losheulte. Und plötzlich war alles ganz anders! Übrigens nicht nur Samantha, sondern auch die Stute. Ich begreife immer noch nicht, was da eigentlich los war.«

Grüblerisch blickte Tanja hinaus auf das in der Dunkelheit verschwindende Meer. Noch war ein kleiner Rest Horizont zu erahnen. Positionslampen von Fischerbooten blinkten auf. Der klagende Ruf eines Vogels durchbrach die beginnende Nacht.

»Da hilft alles nichts - du musst morgen Abend zu mir kommen, wenn Elinor da ist. Allerdings wird die Küche dann nicht so exklusiv sein. Ich fahre vormittags zum Markt und hole etwas Käse und Prosciutto, dazu natürlich Brot und jungen Wein. Vielleicht hat Emilio noch etwas von der süffigen Abfüllung da.«

»Du hast Recht, ich bin morgen dabei. Dann kann Elinor möglicherweise auch etwas zu Mareike sagen. Die ist mittlerweile übrigens ebenfalls wie ausgetauscht. Wer hätte das geahnt?«

Das Gespräch wandte sich den alltäglichen Dingen zu. Eine Weile plauderten die Freundinnen noch; dann, als wirklich alle Krümel und der Prosecco zur Gänze vernichtet waren, verabschiedete sich Diana.

Tanja begleitete sie zur Tür, von wo aus sie beobachtete, wie die Freundin mit ihrer Vespa davonfuhr. Sie rief die Hunde zum Gassi. Während sie mit ihnen über die Ebene schlenderte, sah sie, wie ein Auto in Richtung Haus fuhr. Sie pfiff Charles und Mortimer, und gemeinsam rannten sie Max entgegen.

Bevor dieser ganz aus dem Auto gestiegen war, sprangen die drei bereits begeistert um ihn herum. Lachend wehrte er die Hunde ab und nahm seine Frau liebevoll in den Arm.

»Wow, werde ich jetzt jeden Abend so empfangen?«

»Wenn du dich gut führst, dann ja!«, strahlte ihn Tanja liebevoll an.

Ein tiefer Blick in seine wunderschönen dunkelblauen Augen - und sie versank ein weiteres Mal darin...

# MITTWOCH

Ein neuer, wundervoller Morgen. Tanja wachte auf, bevor die Sonne über dem Meer erschien. Sie stand am Fenster und blickte, gelehnt auf die weiße Fensterbank, träumerisch in die langsam ergrauende Ferne.

Von hinten spürte sie plötzlich die warmen Hände ihres Mannes auf ihren Hüften. Dann vergrub sich ein vertrauter Mund in ihrem Haar.

»Guten Morgen, mein Schatz! Hast du auch so gut geschlafen?«

Zur Antwort nickte Tanja nur und lehnte sich gegen Max. Wange an Wange standen sie nun hintereinander und sahen gemeinsam auf das noch dunkle Meer hinaus.

Nach einer Weile merkte Tanja an, dass dies eine recht frühe Zeit für ihrem Mann sei.

»Morgenstund hat Gold im Mund, das weißt du doch!«

»Hm. Dann warst du bisher aber nicht unbedingt ein Goldsucher!«

Lachend drehte Max sie zu sich um und küsste sie hingebungsvoll.

»Ich habe dir doch gesagt, dass sich hier einiges ändert!«

»Prima! Du führst in Zukunft die Hunde Gassi! Das ist doch mal was!«

»Äh - nein. So war das eigentlich nicht gemeint! Ich

dachte eher daran, mit dir noch etwas Schlafzimmerpflege zu betreiben...« Er grinste Tanja jungenhaft an und strich ihr über das Haar.

Diese zog einen kleinen Schmollmund. »Wie in aller Welt soll ich dann noch meinen Tag organisiert bekommen? Ich fürchte, das geht nur, wenn wir gerade keinen Kurs haben.«

Enttäuscht malte Max mit seinem Zeigefinger kleine Kreise auf Tanjas Oberarm.

»Naja. So oft bin ich tatsächlich um diese Zeit noch nicht wach. Aber jetzt lass uns erst einmal in Ruhe frühstücken, dann gehen wir gemeinsam mit den Hunden raus. Wir könnten runter ans Meer und dort spazieren gehen.«

Tanja beschloss spontan, ihren morgendlichen Ritt ungesagt unter den Tisch fallen zu lassen und stattdessen diesen herrlichen Vorschlag anzunehmen.

Da Marianna um diese frühe Morgenstunde noch nicht in der Küche arbeitete, kochte Max ein paar Eier, während Tanja sich um das Decken des Tisches auf der Veranda kümmerte. Als sie zurück in die Küche trat, hob sie schnuppernd die Nase. Dann versuchte sie um den Rücken ihres Mannes herumzugucken.

»Fantastisch! Toast in Butter angebraten! Wie ich das liebe!«

Schmunzelnd drehte sich Max zu seiner Frau um.

»Wie ich dich kenne! Glücklicherweise treibst du genug Sport, um diese kalorienbeschwerten Genüsse auch zu vertragen…«

»…. und glücklicherweise gehst du oft genug ins Fitnessstudio, sonst hättest du bei Mariannas Küche auch bald eine gewaltige Plauze!«

Max knuffte seiner Frau spielerisch in die Rippen, bevor er sich mit einem Schreckenslaut wieder seiner Pfanne zuwandte.

»Ablenken gilt nicht! So, jetzt haben wir aber genügend Toasts. Falls du tatsächlich noch mehr brauchen solltest, kann ich immer noch welchen anbraten.«

Mit dem überquellenden Teller in der Hand dirigierte er Tanja vor sich her zur Veranda.

»Fast schon kitschig, wie jetzt quasi auf Bestellung die Sonne vor unserer Tür über dem Meer erscheint«, hauchte Tanja ihrem Mann ins Ohr. Der zog sie herunter auf das Sofa und drückte sie eng an sich.

»Still! Wünsch dir was, während die Sonne aufgeht!«

Sie schloss kurz die Augen und kuschelte sich an Max. Dann genossen sie aneinandergelehnt gemeinsam das herrliche Schauspiel.


»Uff, das hat mir gerade noch gefehlt!«, seufzte Tanja theatralisch und hob in einer ebensolchen Weise ihre Arme, als Diana fröhlich und gutgelaunt um die Ecke des Stallgebäudes herumfegte.

»Soll ich wieder gehen?«, fragte diese sichtlich irritiert und blickte sich vorsichtshalber nochmals um, ob vielleicht jemand anders gemeint sein könnte.

»Ach Quatsch, doch nicht du! Elinor hat gerade vor dem Beginn der Mittagspause den höchst verwirrenden Vorschlag gemacht, dass wir eine - wie nannte sie es so schön - ›Midnight Session‹ mit den Pferden veranstalten. Diese Frau ist so was von konstruktiv....« Tanja verdrehte gequält ihre Augen und Diana brach in schallendes Gelächter aus.

»Wie jetzt, so richtig im Kreis auf der Koppel sitzen, die Pferde außen herum, vielleicht noch Trommeln und Kerzenschein?«

»Da tut es wohl auch das Firmament, immerhin haben wir demnächst Vollmond. Aber mal ganz im Ernst, die Frau kann doch nicht ganz bei Sinnen sein! Unsere Pferde brauchen schließlich auch ihre Ruhe, und wir im Kreis im Halbdunkel auf der Koppel....?« Tanja blickte ihre Freundin gespielt verzweifelt an.

»Was sagen denn die anderen?« Mitfühlend stupste Diana ihre Freundin in die Seite. Diese merkte aber genau, wie sehr sie mit dem Beherrschen ihrer Mundwinkel rang.

»Das ist ja das Schlimme - sie wollen das alle unbedingt erleben! Glaub ja nicht, dass meine Argumente da in irgendeiner Weise gelten! Ich verstehe das nicht - jetzt organisiere ich die Kurse schon so lange, und plötzlich läuft alles aus dem Ruder!«

»Sieh es mal positiv - es ist eine neue Herausforderung! Klingt doch romantisch: Pferdebeschwörung bei Vollmond!« Diana lachte erneut und irgendwie erleichterte es Tanja dann doch ein wenig.

»Aber wie stelle ich das denn mit den Pferden an? Die sind doch dann am nächsten Tag komplett fix und fertig!«

»Ganz easy: lass es uns für Samstag einplanen!«

Tanja drehte sich langsam zu Diana um. Ein Lächeln huschte über ihre Züge.

»Gar nicht so dumm. Dann fällt das wochenendliche Besäufnis der Teilnehmerinnen schon mal weg. Sonntags haben die Pferde ohnehin frei. Und - sagtest du wir?« Den letzten Satz hatte Tanja etwas zögerlich ausgesprochen. Zum einen, weil sie noch von der gesamten Idee überfordert war, als auch, weil sie auf den Beistand von Diana gar nicht zu hoffen gewagt hatte.

»Ja klar, das wird ein Riesenspaß! Zudem - wenn diese Idee von Elinor stammt, können wir uns vielleicht auf etwas Spannendes freuen! Ich sehe das als Happening. Selbst wenn gar nichts passiert - was ich mir nicht vorstellen kann -, hatten wir alle doch immerhin ein Erlebnis komplett aus der Reihe!« Diana warf ihre Haarpracht zurück und schaute Tanja kokettierend an.

Diese neigte ihren Kopf und blickte versunken vor sich hin. Irgendwie schoss ihr die Frage von Elinor durch den Kopf, die diese ihr am ersten Tag gestellt hatte: ›Wovor fürchten Sie sich?‹. Dann hob sie ihren Blick und sah Diana in die Augen.

»Einverstanden. Ich finde es mega, dass du mir auch noch dabei hilfst. Vielleicht wird es wirklich etwas Einmaliges. Hoffentlich spielt das Wetter mit. Aber das ändert sich ja erst ein paar Tage nach Vollmond. Lassen wir uns überraschen!«

Mit diesen Worten drehten die beiden Freundinnen

dem Stall den Rücken zu und strebten mit den Hunden in Richtung Künstlerdorf zum Mittagessen.

»Wie lief es am Vormittag?«

»Nichts besonderes.....« Die Stimmen entfernten sich und verklangen.

Neugierig schob sich nun ein Kopf aus einem der Boxenfenster, dem alsbald ein zweiter folgte.

»Kannst du dir vorstellen, was das gibt, Lisgast?« Mareike streichelte den schwarzen Schopf der Stute, die ihrerseits nun hingebungsvoll an der freien Hand der kleinen Frau schleckte. »Irgendwie habe ich da ein mulmiges Gefühl.« Das braune Pferd stupste sie sachte an. Mareike lachte glücklich.

»Was du mir schenkst, das ist kaum zu glauben! Und ich hatte vor wenigen Tagen noch so viel Angst vor dir!« Glücklich schmiegte Mareike sich an Lisgasts seidigen Hals, bevor sie sich mit ein paar Möhren von ihr zum Mittagessen verabschiedete.


Den Nachmittag verbrachten die Frauen mit den Pferden auf dem ›Spielplatz‹. Tanja nannte ihn so, weil hier verschiedene Trail-Hindernisse aufgebaut waren, die von den Pferden mit ihren Begleiterinnen zu Fuß bewältigt werden sollten. Da gab es Flatterbänder, die von oben herunterhingen und zu durchlaufen waren; eine Plane wartete am Boden; für die Mutigeren standen eine Brücke und eine Wippe bereit. Außerdem konnte man die Pferde mit Folie umwickeln.

Natürlich kannten die älteren Schulpferde diese Dinge schon, aber Tanja ging es vor allem darum, den Teilnehmerinnen neue Ideen für ihre Arbeit zuhause mitzugeben. Oft genug klappten die Übungen doch nicht ganz so gut, weil die Führende selbst unsicher war.

Elinor brachte sich in eine Position hinter Tanja, beugte sich zu ihr hinüber und flüsterte: »Sehen Sie, Sie bringen Ihre Pferde doch schon ein! Haben Sie gar nicht gemerkt, was?« Rauchig lachend knuffte sie Tanja in die Rippen.

»Ganz gut schon, wirklich!« Wohlwollend musterte die ältere die jüngere Frau, während sie einen Schritt zurücktrat.

»Wie meinen Sie das?« Verwirrt blickte Tanja sich zu Elinor um.

»Ey hören Sie, alle Pferde kennen das hier doch in- und auswendig. Ich wette, jedes Pferd könnte das alles mit verbundenen Augen durchziehen. Trotzdem lassen Sie uns das hier üben und die Pferde machen es eben doch nicht mit verbundenen Augen. Schauen Sie nur mal zu Melanie. Sie meint es wirklich gut, weiß aber nicht, wie sie mit Annabella die Plane überwinden soll. Sie zögert und die Stute steht. So ist es doch immer - das Zögern der Führung bringt Stillstand - und das nicht nur beim Pferd!«

Tatsächlich, die erfahrene Haflinger Stute stand ebenso unschlüssig vor der Plane wie Melanie. Tanja ging zu ihnen hinüber, etwas abgelenkt durch den Kommentar von Elinor.

»Melanie, Sie brauchen keine Angst vor der Plane

haben. Annabella kennt das schon lange. Bevor Sie jetzt abwenden, stellen Sie sich im Geiste vor, wie Sie diese Aufgabe bewältigen wollen. Und dann ziehen Sie das Ganze genau so durch!«

Melanie nickte sie an, starrte auf die Plane, als wolle sie diese hypnotisieren, und wendete dann die Stute auf einen größeren Kreis ab.

Dieses Mal ging sie energisch mit kleinen Schritten auf die Plane zu, ohne sich zu Annabella umzudrehen. Und siehe da - die Stute stiefelte mit ebenso kleinen Schritten hinterher!

Melanie drehte sich strahlend zu ihr, um sie ausgiebig zu streicheln und zu belohnen.

Tanja hingegen stellte für sich fest, dass Elinor mit ihrer Beobachtung bombenrichtig gelegen hatte. Und erinnerte sich plötzlich an eine Studie, die besagte, dass Reiter im Gegensatz zu Nichtreitern deutlich zielorientierter handeln.

Dann wandte sie sich zu Julia hin, die mit dem vierjährigen Sammour eine ganz andere Herausforderung zu bewältigen hatte. Im Gegensatz zu den anderen war er erst drei Mal hier gewesen und starrte nun mit großen Augen auf die verschiedenen Dinge. Doch Julia war einfach ein Pferdemädchen - sie arbeitete mit dem Wallach, der durch die Anspannung auf seine doppelte Größe angewachsen zu sein schien, ganz in Ruhe an den Basics. Halten, stehen, antreten, halten. So konnte sie ihn loben, ihm Selbstbewusstsein geben. Er begann sich mehr und mehr zu entspannen und auf seine junge

Führerin zu konzentrieren.

Tanja ging zu ihnen hinüber und faltete die Plane zu einem schmalen Streifen.

»Komm mal her und lass ihn schnuppern. Du kannst anschließend mit einem großen Schritt auf die andere Seite gehen. Wichtig ist jetzt, dass er erst einmal dorthin läuft. Später kannst du mit der Plane ein wenig rascheln. Anschließend werden wir sie Stück um Stück auffalten. Mal sehen, wie weit wir heute damit kommen!«

Stanis, Erik und Peter arbeiteten derweil konzentriert mit den anderen.

Tanjas Blick folgte dem Gelächter von Elinor. Kichernd hielt sich diese an Lafayettes dicker Mähne fest und ließ sich von ihm ein Stück Steilhang hinaufziehen. Der Wallach schob kräftig an. Oben angekommen, plumpste Elinor mit hochrotem Kopf auf ihr Hinterteil.

»Wie kommt ihr da denn wieder runter?«, rief Kathrin besorgt.

Aber das erledigte sich von selbst - Lafayette entdeckte keine verlockenden Gräser auf der Sandfläche und wollte wieder zu seinen Artgenossen zurück. So zog und zerrte er energisch an seinem Führstrick. Elinor wollte jedoch nicht loslassen und rutschte deshalb wie ein Kind auf dem Hosenboden hinter dem Wallach den Hang hinunter.

»Au weia, ich glaube fast, da ist eine neue Hose fällig!« Der Rest der Gruppe grinste, als Elinor zu ihrem sandigen Hintern zeigte, auf dem sich eine deutliche

Scheuerstelle abzeichnete. Die füllige Frau wollte sich zu ihren Schuhen beugen, als laut und vernehmlich ebendiese Stelle riss. Lafayette sprang entsetzt zur Seite, während die Menschen schallend loslachten. Einschließlich Elinor, die nun mit ihren Fingern den Spalt abtastete.

»Ich glaub, ich muss euch nun leider verlassen. Jetzt ist wirklich eine neue Hose fällig!« Sie schüttelte den Kopf, dann grinste sie: »Hellsehen kann ich wohl auch noch....« Mit diesen Worten drückte sie Erik das Pferd in die Hand und verschwand in Richtung Künstlerdorf. »Hoffentlich sehen mich nicht so viele Leute....«

Tanja konnte mal wieder nur über diese Frau staunen. Sie nahm Erik das Pferd ab.

Mareike trat zu ihr heran. »Ich glaube, ich habe jetzt eigentlich genug. Lisgast wirkt auch schon erschöpft. Können wir eine Pause einlegen?«

Tanja legte den Kopf schief und betrachtete die Stute. Diese wirkte weniger müde als eher gelangweilt. Das mochte sie Mareike aber nicht sagen.

»Ja, natürlich, das ist doch gar kein Problem. Ich bringe Lafayette dort hinten in die Ecke, da befindet sich ein kleines Paddock. Die beiden können dort zusammen warten.«

Sie winkte Mareike hinter sich her. Nachdem sie die Pferde sicher verwahrt hatten, wandten sie sich wieder dem Geschehen zu.

»Am besten beobachten Sie in der Zeit, was die anderen so anstellen. Vielleicht haben Sie dann auch Ideen, wie Sie Ihre eigenen Strategien verändern und neue Übungen dazu nehmen können. Als Tipp würde ich Ihnen Kathrin und Sandra empfehlen. Ihre Arbeit wirkt schon recht souverän.«

Mareike nickte und nahm in deren Nähe am Rand der Wiese Platz, um gleichzeitig die Sonne zu genießen.

Währenddessen lief Tanja zurück zu Julia und Sammour. Der Wallach stand mittlerweile pustend mit einem Bein auf der etwas weiter aufgefalteten Plane. Julia lachte und lobte ihn ausgiebig. Als sie versuchen wollte, ihr Pferd weiterzuziehen, schritt Tanja ein.

»Druck erzeugt immer Gegendruck. Merk dir das am besten auch gleich fürs Reiten. Also - was könntest du stattdessen tun?«

Julia blinzelte und sagte etwas unschlüssig: »Stehen lassen und warten, dass er doch noch von selbst weitergeht?«

»Das wäre eine Alternative, aber aller Wahrscheinlichkeit wird Sammour sein Heil in der Flucht versuchen. Nach hinten, da ist nämlich keine Plane. Deshalb schickst du ihn jetzt aktiv rückwärts von der Folie und kannst ihn für seinen Gehorsam wieder ausgiebig loben. Dann fangen wir von vorne an.«

Julia verstand und folgte dem Vorschlag. Und tatsächlich, nach dem Lob wagte sich der junge Wallach schon schneller zur Plane hin. Der erste Fuß war darauf gesetzt, ein schräger Blick von der knisternden Unterlage zu Julia - und der zweite folgte! Das Mädchen jubelte leise und kraulte Sammour ausgiebig.

»Jetzt schick ihn wieder zurück. Er soll darüber nachdenken. Lass ihn in der Zeit zur Belohnung ruhig ein bisschen grasen.«

Julia lächelte, und Tanja wandte sich zufrieden den anderen zu. Sie wußte, Sammour und das Mädchen würden heute noch ganz auf der Plane stehen.

Abends packte sie ihre Hunde ins Auto und fuhr zunächst ins Künstlerdorf, um Elinor abzuholen.

»Na, alles heil überstanden? Außer der Hose natürlich…« Tanja zwinkerte der älteren Frau schmunzelnd zu.

»Ja, ja, alles gut. War sowieso nicht mein Lieblingsstück. Aber das hat Spaß gemacht!«

Tanja schüttelte innerlich den Kopf. Was für ein Kind! Laut sagte sie stattdessen: »Vielleicht war das ja Ihre eigentliche Intension - Sie wollten shoppen gehen! Das können Sie übrigens gut auf dem Markt im Dorf erledigen. Ihre Größe ist dort zwangsläufig immer vorrätig.«

Elinor freute sich diebisch über Tanjas frechen Spruch und nickte eifrig. »Samstag Nachmittag ist sowieso frei, nicht wahr? Dann könnte ich mich mal umgucken.«

Der Wagen rumpelte vom Schotterweg auf die Straße, und der Wagen nahm schnell Fahrt auf.

»Was ist denn nun mit unserer Midnight Session?« Erwartungsvoll beugte sich Elinor in Richtung Fahrerseite.

Tanja zog die Augenbrauen nach oben, behielt aber

ihr Pokerface. »Tja, das steht wohl noch in den Sternen. Wir haben nämlich übermorgen Vollmond und danach ändert sich oft das Wetter. Anschließend ist übrigens Samstag…«

Ein schneller Blick zu ihrer Begleiterin, die alles andere als hoffnungslos aussah. Im Gegenteil, sie köchelte geradezu in ihrer Vorfreude. Mit glänzenden Augen sagte sie: »Ey, ich möcht ja noch nicht zu viel verraten, aber ich sag Ihnen - das gibt was….«

Und tatsächlich, ab da war das Thema für Elinor tabu. Auch später, als die beiden Frauen bei Diana ankamen, gab sie nichts mehr davon preis.

Dafür wurde es ein herrlicher Abend mit einem ungezwungenen Essen im Picknickstil auf der Veranda, die direkt auf den Garten hinausging. Dort liefen die Pferde von Diana frei herum und kamen auch gelegentlich vorbei, um nach Aufmerksamkeiten zu fragen. Sie waren zu gut erzogen, um aufdringlich zu werden, was Elinor schwer beeindruckte.

Die Gespräche drehten sich um Erlebnisse, die die ältere Frau mit den tierischen Patienten ihres Mannes gehabt hatte. Gelegentlich sahen sich Diana und Tanja ungläubig an. Sie würden später alleine darüber sprechen. Dann erzählte Elinor, wie sie über einige schamanische Kurse, die sie in Deutschland und England absolviert hatte, den Zugang zur Tierkommunikation gefunden und in dieser Zeit auch ihren Mann, den Tierarzt, kennengelernt hatte.

Der Wein schmeckte hervorragend und als sie die

dritte Flasche begannen, überlegte Tanja, wie sie denn in aller Welt heute nach Hause kommen sollten.

Vorsichtshalber rief sie bei Max an, der ohnehin noch im Büro war. Er würde sie gleich auf dem Heimweg auflesen und lachte während des Telefonats über die etwas schwere Aussprache seiner Frau.

Als sie sich später im Bett an ihn kuschelte und einige der Geschichten von Elinor wiedergab, schmunzelte er leise in ihr zerzaustes Haar und meinte, das wäre wohl alles dem Alkohol geschuldet.

## DONNERSTAG

Die nächsten Tage verliefen in mehr oder weniger geordnetem Rahmen: Reiten, Bodenarbeit, für die Interessierten Malen und kreatives Training. Natürlich gab es immer wieder Spaß durch Elinor, die dem Ganzen einen eigenen Touch von Leichtigkeit und Frohsinn verlieh, wie Tanja dies bisher noch nicht erlebt hatte.

So überlegte sie während der Bodenarbeit, dass Stanis sie ohne Sattel auf Lafayette werfen sollte. Der phlegmatische Wallach döste in dieser etwas mühsamen Zeit des Aufsteigens und fand sich plötzlich und unerwartet mit Reiterin im Rücken wieder. Nach einem empörten Quieken und Aufstampfen mit dem Vorderbein beugte Elinor sich nach vorne und flüsterte ihm etwas ins Ohr. Er drehte tatsächlich seinen Kopf zu ihr hin. Tanja hätte schwören können, dass er sie bestens verstanden hatte. Jedenfalls zogen die beiden im Schritt - nur mit Halfter und durchhängenden Strick - genau vorgegebene Bahnen und hatten ihren Spaß daran.

Natürlich wollten alle anderen bis auf Mareike dies dann auch probieren, und so ergab sich einmal mehr ein völlig ungeplanter Programmpunkt.

Den Abend verbrachte Tanja mit Diana im Herrenhaus. Max würde wieder einen langen Abend im Büro verbringen, um endlich den Absprung in ruhigere Gefilde zu schaffen.

Als Diana eintrat, wurde sie als erstes von Marianna empfangen.

»Buona sera, mia cara! Wie geht es Ihnen heute? Sind Sie auch so am Hadern wie die Signora?« Sie deutete mit dem Kopf hinüber auf die Terrasse, wo sich nun Tanja in der Tür zeigte.

Diana runzelte erstaunt die Augenbrauen und blickte sowohl ihre Freundin wie auch die alte Haushälterin fragend an.

»Sie ist wohl ziemlich erschüttert von all den Erlebnissen, die sich während des Kurses zugetragen haben. Aber das wird sie Ihnen sicher gleich selbst erzählen.«

Inzwischen war Tanja bei den beiden angelangt. Sie hatte die letzten Sätze gehört und wandte sich an ihre Haushälterin.

»Da haben Sie richtig beobachtet, Marianna.« Laut und theatralisch seufzte sie auf. »Irgendwie ist mir das gerade alles zu viel. Jetzt bin ich mein ganzes Leben gewohnt, im Detail zu planen und Listen zu schreiben, und plötzlich ist das, was bisher meinen Erfolg ausmachte, falsch? Das kann ich nicht verstehen...« Sie schüttelte halbwegs verzweifelt den Kopf.

»Nein, principessa, das ist doch nicht alles falsch. Sehen Sie, wenn ich koche, und ich verfolge im Fernsehen andere Köche mit anderen Gerichten, dann nehme ich mir einfach von dem, was ich für gut halte, zu meinen Rezepten dazu. Das, was mir nicht gefällt, lasse ich sein. Deshalb werfe ich aber mein bisheriges Wissen nicht weg. Vielleicht sollten Sie es einmal so probieren.«

Von der ungewohnten Mütterlichkeit Mariannas und vor allem von deren Worten erschüttert, wandte Tanja sich an ihre Freundin. »Siehst du das auch so?«

Diana nickte. »Ich denke ja. Freilich hätte ich es mit der Malerei erklärt, aber das ist nur eine weitere Allegorie. Wenn ich eine neue Technik probiere, fließen zwangsweise meine bisherigen Erfahrungen in die Arbeit ein. Durch die neue Methode bekomme ich frische Ansätze, also Bereicherung, gegebenenfalls Veränderung. Keinesfalls aber werfe ich alles bisher Erlernte und meinen Erfahrungsschatz über Bord. Im Prinzip genau dasselbe, wie Marianna gesagt hat.«

Tanja nickte versonnen. »Danke! Das hilft mir weiter«, wandte sie sich an die Köchin und an Diana.

Marianna schmunzelte zufrieden und wackelte wieder in die Küche, während die beiden Freundinnen auf die Terrasse gingen.

Bald folgte ihnen durch die Hand der Haushälterin ein kalter Lambrusco sowie ein Tablett mit frisch aufgeschnittenem Brot, dazu Schinken, örtlicher Hartkäse und Eier im Glas. Alles serviert von einer höchst aufgeräumt wirkenden Marianna.

»Ich fürchte, ich muss da noch einiges in Ruhe überdenken. Aber was ihr beiden gesagt habt, macht durchaus Sinn. Zumindest theoretisch. Jetzt werde ich sehen, wie ich das in der Praxis integriere«, meinte Tanja zwischen zwei Bissen.

Diana warf ihr einen warmen Blick zu und nickte. »Klar. Das kann ich schon verstehen. Aber du bist damals auch deinem Gefühl gefolgt, als du Max kennengelernt hast.«

Tanja lehnte sich zurück in die Kissen und schloss träumerisch die Augen.

»Bei Liebe ist das auch etwas ganz anderes, oder?«

»Du hast immerhin deinen Beruf, deine Existenz, deine Sicherheit aufgegeben. Und dein Heimatland. Und eine Selbständigkeit in der Fremde begonnen«, erinnerte sie die Freundin.

Die Angesprochene nickte und lächelte versonnen. »Ja, das ging aber auch alles ganz schön schnell. Nach den erzwungenen zwei Tagen Extra-Urlaub in Südamerika war es um uns beide geschehen. Wir sahen uns so oft, wie es nur irgend ging. Es war plötzlich klar, dass es lebenslänglich sein musste.«

Vor ihrem geistigen Auge sah Tanja wieder deutlich vor sich, wie sie Max, von ihm nach ihrem größten Traum hin gefragt, von der Reitanlage am warmen Meer erzählt hatte. Er hatte nachgebohrt, als Geschäftsmann immer mehr Details wissen wollen, eigene Ideen beigesteuert, verworfen, recherchiert. So ergab sich klar und deutlich das Bild, das sie nun ihre eigene Reitanlage in Italien nannten.

Dann geschah das Unglaubliche: Für einen einwöchigen Urlaub reisten sie hierher und verbrachten ein paar Tage in dem damals noch heruntergekommenen Herrenhaus. Sie verliebten sich erneut, dieses Mal in das Land, die Menschen, das Meer, die Weite der Ebene und die Berge im Hintergrund. Max hatte bereits im

Vorfeld heimlich harte Arbeit geleistet; es war also kein Zufall, dass er ausgerechnet hier ihren Urlaub geplant hatte.

Am Ende dieser herrlichen Zeit gingen sie im Ort abends Essen. Das Restaurant lag direkt am Meer, sie saßen auf der Terrasse, um sie herum viele fröhliche Menschen. Der Prosecco kam und plötzlich kniete Max vor ihr. Die Gespräche um sie herum verstummten, alles wandte sich zu ihnen um.

»Mein geliebter Sonnenschein, ich möchte gerne um deine Hand anhalten. Und damit du mich auch wirklich nimmst«, Max zwinkerte dabei der vor Freude rot glühenden Tanja von unten herauf zu, »habe ich auch eine Mitgift: das Herrenhaus mit dem ganzen Land, das wir für unsere Reitanlage brauchen.«

Tanja wurde blass. Vor ihr schwankte alles.

Die um sie herumsitzenden Gäste wurden unruhig. Max nicht. Er freute sich zu sehr über den positiven Schrecken, den Tanja gerade bekommen hatte und den sie versuchte zu verdauen. Beharrlich blieb er darum in seiner knienden Position, die ganze Situation wohliglich auskostend.

Durch das Geraune außen herum endlich aus ihren Gedanken gerissen, quietschte Tanja plötzlich laut auf und fiel ihrem zukünftigen Mann stürmisch um den Hals. Beide gingen dabei unter dem Klatschen der anderen Gäste zu Boden, mit ihnen allerdings auch der Stuhl von Tanja.

Hilfreiche Hände kamen von allen Seiten, dazu

Glückwünsche in italienischer Sprache; Musik setzte, vom wohlmeinenden Personal angeschaltet, im Hintergrund ein und einer prächtigen improvisierten Feier stand nichts mehr im Wege. Max war spendabel und gab dem Anlass entsprechend einige Lokalrunden aus.

Tanja war immer noch nicht fähig, irgendetwas zu sagen. Ihre Tränen liefen und liefen, dabei strahlte sie die ganze Zeit über ihren frisch Verlobten an. Unglaublich, was sie an Emotionen überrannte. Der geliebte Mann, der ihr einen Heiratsantrag stellte. Und gleichzeitig bereit war, einen großen Teil seines geerbten Vermögens für ihren Traum auszugeben. Für ihre gemeinsame tiefe Liebe! Für sie!

Mit feuchten Augen kam sie ins Hier und Jetzt zurück. Sie schüttelte lächelnd den Kopf und blickte ihre Freundin von unten herauf an. »Da hatte ich wohl auch keine andere Wahl. Das sollte einfach so sein. Außerdem habe ich mit Max einen Fels in der Brandung. Ohne ihn wäre das alles gar nicht möglich gewesen. Überleg nur - wir hätten uns niemals kennengelernt!«

Diana freute sich mit ihrer Freundin, deren Geschichte sie gut kannte. Auf die sie insgeheim natürlich ein wenig neidisch war. Doch sie war viel zu großherzig und hatte Tanja auch viel zu gern, um dieses Gefühl in den Vordergrund treten zu lassen. Zudem hatte sie für sich selbst einen eigenen Lebensstil entdeckt, der deutlich mehr ihrer Persönlichkeit entsprach. Sich allzu eng binden zu lassen, egal ob durch berufliche oder auch private Verpflichtungen, gehörte jedenfalls nicht dazu.

Deshalb hob sie nun ihr Glas in Richtung Tanja, und prostete ihr fröhlich auf die erfolgreiche Integration der neuen Ideen zu.

Das Gespräch verlagerte sich rasch auf die Rekapitulation der vielen Erzählungen Elinors vom Vorabend. Die Stunden verstrichen, der Lambrusco schien zu verdunsten und schließlich erhob sich Diana und verabschiedete sich.

## SAMSTAG

Endlich kam der von den meisten ersehnte - und von Tanja leicht gefürchtete - Samstag Abend. Das Wetter hatte gehalten, kein Wölkchen trübte den Himmel.

Schon beim Abendessen war die Spannung so stark, dass man Stücke davon hätte schneiden können. Selbst Sandra und Kathrin, die sich weiterhin von Elinor entfernt hielten, wirkten aufgekratzt. Mareike konnte vor Aufregung nichts essen, wurde aber von Julia und Andrea, die sich ihrer angenommen hatten, mehr oder weniger gefüttert. Frei nach dem Motto, man brauche für diese Art von Abenteuer eine gewisse Unterlage.

Statt wie üblich später in ihren Häuschen zu verschwinden, fanden sich die Frauen zu kleinen Gruppen zusammen und verbrachten die restliche Zeit gemeinsam. Alkohol war an diesem Abend tabu.

Jetzt war es also soweit. Elinor gab eine halbe Stunde vor Mitternacht das Zeichen zum Aufbruch und führte gemeinsam mit Tanja und Diana die Gruppe zur Weide. Die Gespräche wurden immer leiser, bis sie ganz verstummten. Schließlich hörte man nur noch die Schritte und das Atmen der Menschen. Als die Gruppe am Eingang zur Koppel anlangte, hoben die Pferde, die verstreut in der Mitte der Wiese grasten, interessiert die Köpfe. Der Mond übergoss sie mit silbernem Licht.

Der Eindruck war überwältigend.

Die Frauen gingen still hintereinander zur Herde.

Dort setzten sie sich im Kreis auf den Boden. Tanja hatte erwartet, dass die Pferde nun rücksichtslos zwischen den Menschen herumlaufen würden. Vor dieser Gefahr hatte sie sich richtiggehend gefürchtet und schon Ansprüche von Versicherungen vor ihrem geistigen Auge auftauchen sehen. Stattdessen kamen die Pferde zwar näher, aber nicht eines berührte eine Frau. Sie grasten ganz nahe. Tanja registrierte, dass sich die Pflegepferde bei ›ihren‹ Menschen aufhielten.

Tanja atmete tief durch. Allmählich ließ der Druck nach.

Elinor begann mit ihrer heiseren Stimme leise zu singen. Ein Gesang ohne Worte. Er wirkte fast schon ätherisch.

Die Pferde hoben erneut ihre Köpfe. Die Menschen waren ebenso gebannt. Es schien, als würden sie in Raum und Zeit entführt. Tanja war wie betrunken, wurde selig. Das Bewusstsein in ihr weitete sich. Sie fühlte sich plötzlich verbunden. Verbunden mit der Erde, mit dem Himmel, mit den Menschen und mit den Pferden um sich herum. Eine Klarheit in ihr erhob sich. Der Schleier begann sich zu lüften.

Elinors Tonlage änderte sich, wurde schärfer, wurde schriller. Wieder änderte sich der Bewusstseinszustand von Tanja. Sie merkte, wie sie zu weinen begann. Alte Bilder kamen herauf. Situationen aus längst vergangener Zeit, die sie weit weggedrängt hatte. Dinge, an die sie nicht mehr gedacht hatte. Es war ihr, als würge sie nun all dies hervor. Ihr wurde schlecht. Die Tränen hörten nicht auf zu laufen. Neben sich hörte sie wie durch Nebel getrennt das Schluchzen der anderen. Die Bilder vom Tod ihrer Mutter stiegen in ihr auf, Bilder aus dem Krankenhaus, in das man sie nach dem Verkehrsunfall gebracht hatte. Jeder hatte ihr versichert, ihre Mutter würde überleben, das war selbstverständlich. Doch dann hatte sich in der Phase, als alles auf dem besten Weg schien, schon nach den Operationen, unerwartet ein Aneurysma geöffnet. Ihre Mutter war den Ärzten unter den Händen weggestorben. Und Tanja - Tanja war gerade zu Hause und schlief. Sie wollte den Schlaf der letzten Nächte nachholen, jetzt, da ihre Mutter das Schlimmste überstanden hatte. Ihre Mutter starb allein. Dieser Vorwurf verfolgte sie seitdem. Es war zu schmerzhaft, daran zu denken. Also hatte sie es in die tiefsten Tiefen ihres Unterbewusstseins verdammt. Jetzt brach sich dieses Unvorstellbare Bahn.

Sie sah auch die anderen Bilder. Bilder, die sie ins Wanken stürzten. Ihre erste Ehe, die so golden begonnen hatte. Bis sich bald herausstellte, dass ihr Mann ein Quartalssäufer war, der im Rausch keine Hemmungen mehr kannte. In der Anfangszeit lebte er seine Exzesse noch heimlich auf Geschäftsreisen aus, später dann zuhause. Erst nach etlichen Monaten schaffte es Tanja dank zweier Freundinnen, dem Monster ins Gesicht zu schauen und die Konsequenzen daraus zu ziehen. Glücklicherweise hatten sie keine Kinder. Die Scheidung verlief hässlich. Ihr Ex-Mann verfolgte sie weiterhin, bis sie endlich weit weg nach Bielefeld zog und dort ein neues Leben aufnahm. Vom anderen Geschlecht hatte sie zu diesem Zeitpunkt erst einmal genug.

Mittlerweile lag sie auf dem Boden und schüttelte sich in Weinkrämpfen.

Raus, alles raus.

Die Bilderflut versiegte. Die Tränen ebenso. Dann stieg ein warmes, unbekanntes Gefühl in ihr auf. Eine Art von Geborgenheit, die sie noch nicht kannte. Ihre Tränen waren längst vertrocknet, als sie bemerkte, wie sehr sie sich mit ihren Händen in das Gras und die Erde verkrampft hatte. Sie lockerte den Griff und gab sich dem wohligen Gefühl hin. Sie war wie in eine Wolke gehüllt, zartrosa, ein bisschen wie Zuckerwatte. Von Ferne nahm sie den Gesang wahr, der sie nach wie vor begleitete. Sie lag nun entspannt auf dem Gras. Nebenan prustete Beauty in ihr Ohr.

Tanja setzte sich halb auf und ließ ihre Finger über die Nase ihres Pferdes gleiten. Doch Beauty zog sich still und liebevoll zurück.

Deshalb legte sich Tanja wieder hin und betrachtete den samtenen Himmel. Ihre Augen fielen zu. Sie träumte eine Ahnung dessen, wie sich so manches ändern könnte. Die Vision entglitt ihr.

Als Tanja wieder aufwachte, war wohl nicht viel Zeit vergangen. Aber sie fühlte sich so viel fitter! Ungläubig bestaunte sie den vollen Mond, dann richtete sie sich vorsichtig in die sitzende Position auf.

Elinor hatte mit dem Singen aufgehört, die Pferde

entfernten sich grasend langsam von der Gruppe. Ebenso wie Tanja begannen auch die anderen, sich wieder zu regen und aufzusetzen. Tanja blickte zu Elinor hinüber, die sich zufrieden und still wiegte.

Keine sprach. Die Eindrücke wirkten nach. Als die Schamanin sich erhob, folgten die anderen. In tiefer und erfüllter Stille ging die Gruppe Richtung Stall.

Die Pferde blickten nicht einmal mehr auf.

# Sonntag

Obwohl es nicht geplant war, trafen sich alle am nächsten Morgen zeitgleich beim Brunnen vor dem Stall. Als wäre es abgesprochen. Auch Tanja und Diana waren da.

Elinor strahlte schweigend vor sich hin. Dann fragte sie die Kursleiterin, was sie von einer gemeinsamen Besprechung des Erlebten hielte. Tanja stimmte zu und führte die Gruppe in den Lehrraum des Schulstalles. Die Stühle wurden zu einem Kreis gerückt und alle nahmen Platz.

Elinor ergriff in geübter Weise das Wort, als wäre dies für sie ganz normal.

»Sicher fragt ihr euch, was gestern geschehen ist. Die einen hatten mehr, die anderen weniger intensive Erfahrungen gemacht. Aber erlebt haben gestern alle etwas. Etwas, das völlig aus der Reihe steht. Darüber sollten wir nun reden. Denn das, was sich in dieser Nacht Bahn gebrochen hat, muss nun endgültig erlöst werden, damit es vorbei ist und ihr von diesen Dingen unbeschwert weiterleben könnt. Zunächst möchte ich von jedem von euch in drei Sätzen wissen, wie ihr geschlafen und ob ihr etwas geträumt habt. Wenn ihr wollt, könnt ihr euren Traum kurz beschreiben. Dafür habt ihr fünf zusätzliche Sätze. Maximal.«

Ihre rauchige Stimme verklang. Stille senkte sich über den Raum.

Dann erhob sich ihre Stimme wieder. »Ich habe heute Nacht tief und fest geschlafen. Ich fühlte mich sicher und beschützt, ja, getragen. Ich träumte, ich wäre ein Adler und würde über einer Canyon-Landschaft schweben, die im warmen Abendlicht liegt. Das Gefühl des Schwebens war grandios, die Landschaft beeindruckend.«

Elinor lächelte Tanja zu. Diese räusperte sich und blickte in die Runde. Sie fragte sich, was sie diesen Menschen - ihren Kunden! - an privaten Dingen erzählen durfte. Dann gab sie sich einen Ruck und sprach einfach drauf los.

»Ich habe ebenfalls tief geschlafen, fast wie ausgestöpselt. Heute morgen war ich so fit wie schon ganz lange nicht mehr. Allerdings weiß ich nicht, was ich geträumt habe.« Bedauernd hob sie die Schultern.

Elinor blickte Diana, die neben Tanja saß, auffordernd an. »Hm, ja, ich habe auch fest geschlafen, allerdings eher wie ein Stein. Hätten sich meine Pferde nicht lautstark beschwert, wäre ich vermutlich eine Stunde länger als normal liegen geblieben. Ich habe geträumt, ich wäre eine Wolke, eine rosarote, und ich wäre so etwas wie ein Gasthof, der immer wieder Leute aufnimmt und übernachten lässt. War ein tolles Gefühl!«

Diana sah ihre Nachbarin Mareike an und übergab das Gespräch an sie. So ging es der Reihe nach herum, bis schließlich Elinor wieder das Wort ergriff.

»Alle haben wir heute Nacht tief und erlöst geschlafen. Erlöst - wovon? Ich habe euch auf eine schamanische Reise mitgenommen, die ich allerdings nicht geplant hatte. Ich habe mich darauf eingelassen. Auf mein Gefühl. Die Pferde haben mir einen Zugang ermöglicht, den ich selbst bisher nicht hatte. Ich habe mich davon tragen lassen. Im wahrsten Sinne des Wortes. Den größten Teil war ich nicht bewusst anwesend. Irgendwann habe ich mitbekommen, dass der Drang nach Singen nachlässt. Erst da habe ich meine Umgebung wieder wahrgenommen. Ich habe Bilder aus meinem Unterbewusstsein aufsteigen sehen von Begebenheiten, die ich im Laufe meines Lebens verdrängt hatte. Dinge, die zu weh taten, die mich zu sehr verletzt, zu sehr beschämt hatten. Es war wie Pandoras Box. Vieles wußte ich schon gar nicht mehr. Ich fühlte mich plötzlich sehr verletzlich und mickrig klein. Als die Bilder irgendwann stoppten, wurde mir warm ums Herz. Ich fühlte mich gehalten und gestützt. Ich hatte das Gefühl, dass uns die Pferde ganz nahe waren und mir das alles abnahmen. Sie haben mich gehalten und gestützt! Und dann durfte ich ganz ich sein. Unvoreingenommen, wie frisch geboren. Ja, genau das war es: eine neue Geburt! Das in eurem Kreis! Dafür danke ich euch, denn ich weiß, dass das nur in dieser Gruppe möglich war. Darum ging es wohl: eine schamanische Reise in der menschlichen und pferdigen Gemeinschaft, um alte Verletzungen aus dem Unterbewusstsein heraufzuholen, zu heilen und dann auflösen zu lassen.«

Die rauchige Stimme verklang und Elinor sah sich um. Auf den Gesichtern der anderen las sie Erkenntnis und Verstehen. Aber auch Verletzlichkeit und leichte Ungläubigkeit.

Tanja schwindelte es. Sollte das tatsächlich möglich sein? Wie war es den anderen ergangen, was hatten sie erlebt? Letztlich - konnte, durfte das denn überhaupt sein? Ohne psychologische Betreuung? Wer würde sie auffangen, falls die Erlebnisse Psychosen auslösten? Irritiert wandte Tanja den Blick wieder zu Elinor, wagte aber nicht, diese vor ihren Kunden zu fragen. Doch die üppige Frau vermittelte ihr abermals eine unglaubliche Sicherheit. Vorsichtig atmete Tanja wieder aus.

Elinor hob sich von neuem an. »Unsere Träume der letzten Nacht haben eine gewisse Aussagekraft darüber, wie wir das Erlebte verwunden haben und eventuell auch, wie unser Weg weitergeht. Deshalb habe ich nach euren Träumen gefragt. Für die, die sich nicht erinnern konnten, ist es nicht weiter schlimm. Vielleicht kommt der Traum noch in der nächsten Nacht. Wichtig ist jetzt, die Verbindung der Träume mit den losgelassenen Bildern aus dem Unterbewusstsein herzustellen. Deshalb schlage ich vor, dass jede von den Erlebnissen berichtet, die ihr am meisten zugesetzt haben. Als Gemeinschaft können wir das Ganze abmildern und abschließen.«

Elinor blickte in die Runde und wartete, ob alle nickten. »Fein. Dann beginne ich nun.«

Es wurde ein beeindruckendes Gespräch. Wenn jemand mit der Beschreibung der Bilder fertig war, schwieg Elinor eine Weile. Dann verknüpfte sie mühelos Träume und Erlebtes, ohne aber eine konkrete Zukunft vorauszusagen. Es ginge ja nur um den aktuellen Zeitpunkt und daraus entstehende Möglichkeiten. Außerdem sei es Sache jedes Einzelnen, was er nun daraus entwickele. Anschließend bat sie die restlichen Frauen, die eigenen Eindrücke darzulegen, falls es jemand wollte. Sandra und Kathrin verbanden sich nun mühelos mit der Gruppe, und es war unschwer zu erkennen, dass sich mit dieser Gruppendynamik ein neues Gefühl für alle einstellte. Jede Frau erfuhr eine Bereicherung - und gleichzeitig eine Erleichterung.

Als Tanja sich in ihrem Stuhl zurücklehnte und die tanzenden Staubkörnchen vor dem sonnenbeschienenen Fenster betrachtete, spürte sie dem Gefühl der inneren Ruhe nach. Elinor schwieg seit geraumer Zeit. Dann erhob sich die üppige Frau mit den Worten, jetzt sei erst einmal Kopflüften angesagt. Dazu lachte sie gewinnend.

Während die anderen aus dem Zimmer strömten und in Grüppchen zurück zum Künstlerdorf gingen, blieben Tanja, Diana und Elinor im Raum.

»Das war alles echt beeindruckend! Mir geht es phantastisch! Aber - wie machen wir jetzt weiter? Ich habe das Gefühl, wir haben einen Prozess angestoßen, der nun eine Eigendynamik entwickelt.« Tanja blickte Elinor fragend in die Augen.

»Klar machen wir weiter«, kam es von dieser. Sie kniff ihre Augen zu schmalen Schlitzen zusammen und drehte sich Richtung Fenster. »Die Frage ist in der Tat:

Wie machen wir weiter? Erinnern Sie sich an den ersten Tag?« Elinor drehte sich zu Tanja um.

Diese wand sich etwas unbehaglich, denn ihr ging auf, dass die Schamanin durchaus nicht weiter die Leiterin spielen würde.

»Mh, ja... Im Sinne von Neuem und Unbekanntem auf dieser Anlage?«

Elinor und Diana wirkten begeistert. Tanja weniger. Eher gar nicht.

»Sie meinen das jetzt nicht im Ernst, oder? Ich soll in Zukunft solche spirituellen Reisen selber anbieten??? Ich kann das nicht! Ich habe keine derartige Ausbildung! Und in Musik hatte ich immer eine Fünf! Wenn ich auf der Straße singe, werde ich nicht fürs Singen bezahlt, sondern dafür, dass ich aufhöre!«

Diana fiel ihr ins Wort. » Du sollst ja auch keine Arien vortragen. Zudem ist das jetzt gerade unsere geringste Sorge. Ich finde es viel wichtiger herauszufinden, wie es mit dieser Gruppe nun weitergeht.«

Elinor nickte zustimmend. Und strahlte schon wieder wie eine größere Tschernobyl-Kugel vor sich hin. Tanja war das im Augenblick zutiefst unheimlich.

»Ich würde vorschlagen, dass für heute nichts mehr festgelegt wird«, ertönte ihre rauchige Stimme. »Und morgen früh treffen wir uns alle erst einmal zu einer Besprechung. Vermutlich wäre es am besten, zunächst die Teilnehmerinnen zu fragen, ob sie einer Änderung des Ablaufs überhaupt zustimmen. Kann ja sein, dass es jemanden gibt, der da aussteigen möchte. Obwohl ich das nicht glaube.« Zart wiegte sie wieder ihr schweres Köpfchen.

»Das ist wichtig, natürlich!«, kam es von Diana. »Aber wie soll es denn insgesamt weitergehen? Außerdem - wenn wir das alles gemeinsam durchziehen, sollten wir uns duzen, oder?« Sie streckte Elinor die Hand hin, die diese ergriff und herzlichst schüttelte. Tanja beeilte sich, dem Vorbild ihrer Freundin zu folgen.

»Hm, ja, ich habe so etwas wie gesagt noch nie selbst geleitet. Aber ich denke, wenn wir jeden Morgen eine Besprechung ansetzen, nachfragen, wie jede geschlafen hat, welche Träume sie hatte, wie es ihr gerade geht, was ihre Vorstellung von dem Tag ist - dann haben wir auf jeden Fall schon mal einen wichtigen Tagespunkt.« Beifallheischend blickte sich Elinor um.

Die beiden Freundinnen wechselten einen Blick und nickten.

»Und dann?«, hakte Tanja nach.

»Dann? Ey, mein Herzchen, da machst du dir mal jetzt Gedanken. Ich geb dir aber einen Tipp: wir hatten diese Woche schon einiges davon erlebt... Du brauchst es nur noch in eine Form bringen. Geh am besten auf die Koppel und lasse dich auf die Pferde ein. Da kommen dir dann schon die Ideen.«

Sprachs, strahlte Tanja an - und verschwand summend durch die Tür.

»Ich fass es nicht. Sie läßt mich jetzt ganz allein damit sitzen!« Tanja wandte sich hilfesuchend an Diana.

Die lachte nur, streichelte sie am Arm und meinte:

»Nimm am besten was zu Trinken mit! Viel Spaß noch, ich freue mich schon auf deine Ideen! Die können wir ja heute Abend bei dir besprechen!«

Schon war Tanja allein. Sie schluckte. Dann nahm sie sich tatsächlich eine Wasserflasche aus dem Kühlschrank und begab sich auf den Weg zur Koppel. Noch vor dem Stallausgang drehte sie um und holte sich zusätzlich eine neue Keksdose. In der alten waren bereits alle Schokoladenkekse vertilgt.

Tanja saß auf der Koppel und bemühte sich nach Kräften zu denken. Das war aber nahezu unmöglich. Die Pferde bedrängten sie von allen Seiten und hatten offensichtlich beschlossen, ihren Anteil an den Keksen abzubekommen. Es half nichts - Tanja ergriff die Flucht. Als die Herde begriffen hatte, dass sie keinerlei Zugriff mehr auf die Leckereien hatte, zerstreute sie sich wieder. Nur Beauty blieb mit einem hoffnungsvollen Blick in den Augen vor dem Zaun stehen, hinter den Tanja sich geflüchtet hatte.

»Was kannst du schön gucken, wenn du etwas willst. So etwas von hübsch! Aber Kekse sind nichts für Pferde und es wird dir auch nicht schmecken! Oh man, wie könnte ich nur diesen Augen widerstehen…«

Unschlüssig wand sich Tanja, mit einem schuldbewussten Blick auf das Plätzchen in ihrer Hand. Natürlich ein Schokokeks. Sie konnte es nicht. Nein, es ging einfach nicht. Bevor ihre Hand durch den Zaun gelangt war, verschwand die Süßigkeit bereits im gierigen

Maul von Beauty.

Diese verdrehte plötzlich die Augen und versuchte, die vielen Kekskrümel schnellstmöglich wieder auszuspucken. Gleichzeitig warf die Stute Tanja einen Blick zu, der sie ganz klar als potentielle Meuchelmörderin identifizierte.

Tanja musste so lachen, dass ihr die Tränen aus den Augen schossen. Während Beauty noch damit beschäftigt war, alle Reste irgendwie aus ihrem Maul zu bekommen, ließ sich Tanja nach Luft ringend auf den Boden fallen.

»Ich habe es dir ja gesagt: Schokokekse sind für Tanja, Leckerlis für dich!«

Beauty drehte ihr Hinterteil in Richtung Zaun und stolzierte erhobenen Hauptes davon.

Als Tanja sich wieder beruhigt hatte, nahm sie Keksdose und Flasche und ging zu dem kleinen Beobachtungshügel. Immer noch grinsend ließ sie sich auf der Bank nieder. Dann schloss sie die Augen, legte den Kopf in den Nacken und sog die milde Luft tief in ihre Lungen. Sie richtete es sich bequem ein und betrachtete die Pferde. Eine gewisse Müdigkeit überkam sie. Schließlich dämmerte sie weg.

Als sie wieder erwachte, war die Sonne schon ein ganzes Stück weiter gerückt. Tanja fühlte sich erfrischt. Ein Blick zur Herde - und plötzlich war sie völlig klar im Kopf. Ein Plan nahm Gestalt an.

Aufgeregt zog sie aus ihrer Hosentasche ein zusammengefaltetes leeres Blatt Papier und einen Bleistift.

Dann begann sie mit dem Schreiben ihrer geliebten Pläne - allerdings bei weitem nicht so ausgreifend wie früher. Wie vor einer Woche…

Abends trafen sich Diana und Elinor bei Tanja im Herrenhaus. Sie hatte den beiden eine Mitteilung aufs Handy geschickt.

Tanja räusperte sich nach der herzlichen Begrüßung. »Also, dein Tipp mit der Koppel war goldrichtig, vielen Dank, Elinor!«

Diese lächelte wieder einmal ganz zierlich. Tanja musste zugeben, dass ihr das tatsächlich eine ganze Menge an körperlichem Gewicht nahm.

»Bist du wirklich inmitten der Pferde gesessen? Ich hätte gedacht, die würden dich niederwalzen.« Diana grinste ihre Freundin an.

»So etwas Ähnliches wollten sie auch, vor allem, nachdem sie meine Keksdose erspäht hatten. Kurz - ich bin lieber nach draußen geflüchtet. Aber ich denke, dass ich trotzdem sehr konstruktiv war!« Stolz hielt sie ihre Blätter hoch.

»Wow, die hast du alle im Freien geschrieben?«, wollte Diana beeindruckt wissen.

»Nein, ich habe mir die Stichpunkte auf der Koppel gesammelt und dann zuhause ausgearbeitet. Du weißt ja, meine Leidenschaft für Pläne und Listen…«

Die beiden Frauen blinzelten sich wissend an.

»Dann schieß mal los!« Diana streckte sich genüsslich auf ihrem Stuhl. Während auch Elinor eine gemütliche

Haltung anstrebte, stand Tanja lieber bei ihrem Vortrag.

»Die morgendliche Besprechung halte ich für eine wichtige Idee. Da kann man auch mit einbringen, was einem am Vortag am besten gefallen hat.«

»Warum nicht am Abend bei einer Abschlussbesprechung?«, fiel ihr Elinor ins Wort.

Tanja überlegte kurz. »Weil man nachts die Eindrücke des Tages noch einmal sortiert und eventuell anders gewichtet hat. Das Unterbewusstsein räumt doch immer wieder ordentlich auf.«

Zustimmende Laute von Elinor und Diana.

Sie fuhr fort. »Mich hat die Geschichte von Samantha und Marbella am zweiten Tag ziemlich beeindruckt. Vielleicht sind jetzt auch die anderen, vor allem Kathrin und Sandra, offener für solche Erfahrungen. Auf jeden Fall würde ich gerne noch einmal etwas in dieser Art wiederholen.«

Diana blickte fragend. Tanja erinnerte sie an die Begegnung von Samantha und Marbella in der Halle, von der sie ihr schon ausführlich erzählt hatte.

Jetzt schüttelte Elinor energisch ihren Kopf. »Das war etwas Einmaliges. Das geht nur am ersten oder zweiten Tag. Jetzt müssen wir etwas Neues finden.«

Tanja verstand nicht und strich sich über ihre Haare. »Warum denn nicht?«

»Das ist so etwas wie der erste Eindruck. Den hast du nur einmal. Beim ersten Mal. Danach verstellt dir deine Vorstellung und deine bisherige Erfahrung den Blick. Wie dir deine Mutter sicher beigebracht hat: Es gibt nur einen ersten Eindruck. Und der prägt.«

Tanja blickte verunsichert zu Diana hinüber. Diese schien aber der rundlichen Frau zuzustimmen. »Dann sollten wir das in Zukunft als allerersten Programmpunkt setzen, statt vorzureiten.«

Die Schamanin zwinkerte sie an. »Fein, das solltet ihr wirklich!«

Bevor Tanja die Bedeutung dieser zwei Sätze auch nur ansatzweise verdaut hatte, hob Elinor wieder ihre Stimme an. »Vielleicht können wir die morgige Übung mit einer Aufgabe verknüpfen. Zum Beispiel mit dem Pferd tanzen. Oh ja, das halte ich für eine tolle Sache!« Elinors Augen glänzten vor Freude. »Stellt euch das mal vor, mit Streichquartett im Hintergrund!«

Tanja prustete los. »Kann ich mir schon vorstellen, hinter mir Bach, vor mir Beauty...«

Diana stimmte fröhlich ein. »Da bin ich dabei. Das lasse ich mir auf keinen Fall entgehen!«

Elinor schüttelte den Kopf und meinte mit mildem Ernst: »Du bist natürlich mit dabei! Mit deinem Pferd!«

Diana erstarrte. Ihr Lachen fiel in sich zusammen wie ein Haufen Schlagsahne in der Sonne. »Wie? Ich soll da mitmachen???«

Wieder das zierliche Kopfwiegen von Elinor. Tanja ertappte sich bei dem Gedanken, ob sie das auch mal üben sollte.

»Ey klar machst du da mit. Und du übrigens ebenso!« Unsanft stupste Elinor Tanja in die Seite.

»Äh, aber, aber... Ich muss doch das Ganze organisieren!«, kam ihr Protest. Der natürlich prompt im Keim erstickt wurde.

»Wir organisieren das alle gemeinsam, wir sind nämlich eine Gruppe. Keine bleibt außen vor, keine ist übergeordnet!«

Fassungslos sahen sich die beiden Freundinnen an.

»Im übrigen hast du noch deine Angestellten.«

»Ich habe aber ein wenig - nein, ich habe ganz schön viel Angst um meine Autorität!«, wagte Tanja zu widersprechen.

Elinor schüttelte bestimmt den Kopf. »Dadurch verlierst du deine Autorität nicht. Aber wenn du dich als Organisatorin aus dem Geschehen heraushältst, verlierst du den Anschluss an die Gruppe. Die entwickelt sich nämlich immer weiter. Da gelten andere Gesetze!«

Tanja zog ihre Augenbrauen hoch. »Und meine Privatsphäre?«, wandte sie ein.

»Was ist mit der Privatsphäre der anderen?«, schoss Elinor zurück.

Tanja ließ sich nun doch entmutigt auf einen Stuhl sinken.

»Also, Programm für Montag: Tanzen mit dem Pferd. Hast du eine Stereoanlage?«

Tanja gab sich endgültig geschlagen. »Ja, wir haben in beiden Hallen die Möglichkeit zur musikalischen Berieselung. Ich bin mir aber nicht sicher, welche CDs dort liegen. Das werde ich noch abchecken.«

Elinor nickte befriedigt Zustimmung. »Was hast du dir für Dienstag vorgestellt?«

Tanja zog ihren Plan zu Rate. »Ich dachte daran, in der kleinen Halle mal auszuprobieren, wie jede einzelne ein Pferd in Bewegung setzen kann. Möglichst ohne Peitsche oder sonstige Hilfsmittel.«

»Hm.« Das war Diana. »Wäre es nicht sinnvoller, das für Montag einzuplanen? Dann hat man schon ein wenig Feintuning für das Tanzen.«

Überrascht sah Tanja auf. »Ja klar, jetzt, wo du das sagst.... Das ist eigentlich logisch. So machen wir das.«

Elinor strahlte bestätigend.

»Für Mittwoch dachte ich an eine Art Agility für Pferde. Naja, nicht ganz so hochgestochen. Eigentlich eher die Fortsetzung von Montag. Führen ohne Strick, gemeinsam antraben, vielleicht sogar schon Slalom. Und dasselbe am Donnerstag. Am Freitag als den letzten Tag hätte ich nochmals Tanzen vorgeschlagen.«

Diana klatschte vor Begeisterung in ihre Hände, ihre Augen glänzten.

Elinor bemerkte: »Wir sollten uns nach diesen Sessions auch immer zu einer Besprechung zusammensetzen. Willst du nachmittags ganz normal reiten lassen?« Fragend blickte sie in Richtung Tanja.

Diese nickte. »Ja klar, das ist mir wichtig. Die Übereinstimmung vom Morgen später in den Sattel zu transportieren. Das bringt Pferd und Reiter Spaß. Wie seht ihr das?«

Diana und Elinor wirkten beide überzeugt.

»Und Tanja entwickelt gerade ihr Improvisationstalent für weitere Möglichkeiten...«, neckte Elinor.

Diese zog eine Augenbraue hoch.

»So, nachdem wir das geklärt hätten, freue ich mich auf ein leckeres Abendessen. Was gibt es denn?« Diana lachte Tanja voller Vorfreude an...

Als Tanja später neben Max im Bett lag und ihm von all diesen Dingen und Entwicklungen erzählte, setzte er sich halb auf. Natürlich war er wesentlich skeptischer, doch mittlerweile war Tanja viel zu sehr von den bisherigen Geschehnissen und den Ideen für die nächste Woche begeistert, als dass sie sich noch einmal hätte umkehren lassen. Vielmehr erregte sie Neugier bei ihrem Mann. Als er hörte, dass nun auch Diana als Gruppenmitglied teilnehmen würde, lachte er nur noch. »Ihr Mädels. Ich dachte immer, Pferde wären was für Teenies. Okay, und sehr jung gebliebene Frauen. Aber das ist schon alles in Ordnung. Wenn ihr Spaß dabei habt - umso besser!«

Er schmunzelte und küsste Tanja auf die Haare. Diese streichelte zärtlich seine Brust.

»Du solltest dir das auch mal ansehen. Das ist echt irre, wirklich! Allein schon das Erlebnis auf der Koppel. Unbeschreiblich…«

Er wuschelte liebevoll durch ihr Haar. »Jetzt sicher nicht, ihr seid mittlerweile schon eine Gruppe. Ich wäre der einzige Mann dabei. Das geht nicht. Ich möchte mich aber ein wenig schlau über solche Dinge machen. Das interessiert mich wirklich.«

Tanja spürte einmal mehr, wie glücklich sie über ihre

Beziehung zu Max war. Er war immer offen, immer neugierig, wollte wissen und spüren. Ähnlich wie vor vier Jahren, als aus Tanjas vagem Traum von der Reitanlage am warmen Meer ein profitabler Geschäftsplan wurde. Zufrieden rollte sie sich an seiner Brust zusammen und war innerhalb von Sekunden mit einem Gefühl tiefer Geborgenheit eingeschlafen.

# Montag

Nach einem frühmorgendlichen Springtraining mit Beauty, die die ersten Galoppsprünge mit fröhlichem Bocken begonnen hatte, wartete Tanja pünktlich vor neun Uhr am Brunnen.

Die Teilnehmerinnen trudelten ein. Tanja stellte interessiert fest, dass es keine Einzelpersonen mehr gab. Alle hatten sich zu Trauben vergesellschaftet.

Sie führte ihre Kundinnen in den Besprechungsraum und wollte ihr Programm beginnen. Stattdessen fühlte sie plötzlich eine innere Ruhe. Deshalb hob sie ihren Kopf und bat um ein paar Minuten des Schweigens. Stille senkte sich über den Raum.

Tanja fühlte dieser Stille nach. Sie war beeindruckend und gewaltig, weit mehr als die bloße Abwesenheit von Worten. Gedankenfetzen tauchten auf und verschwammen. Sie hatte die Augen geschlossen. Plötzlich spürte Tanja, wie sie Liebe atmete. Dieses Gefühl füllte sie aus, wurde mehr und mehr, bis ihr die Tränen in die Augen traten. Ihre Atmung hatte sich verändert.

Dann kam sie langsam wieder zurück. Sie hob ihre Augenlider und blickte auf die Menschen, die im Kreis um sie herum saßen.

»Wenn ihr soweit seid, öffnet eure Augen und kommt zurück ins Hier und Jetzt.« Dieser Satz stammte von Elinor, die Tanja freundlich zuzwinkerte. »Dann nimmt eine jede die Hand ihrer Nachbarin. Namaste. Ich wünsche euch allen einen wunderschönen guten Morgen!«

Die Frauen nickten würdig zurück und ließen einander auf ein Zeichen von Tanja hin los. Elinor drehte sich einladend in deren Richtung.

»Ja, auch ich wünsche euch allen einen wundervollen Morgen! Ich hoffe, ihr hattet eine gute Nacht. Wir halten eine Programmänderung für möglich. Allerdings werden wir das nur durchführen, wenn ihr alle das so wollt.« Tanja blickte erwartungsvoll in die Runde. Die Frauen blickten ebenso erwartungsvoll zurück.

»Nach den bisherigen Erlebnissen hatten Diana, Elinor und ich eine Besprechung. Was meint ihr dazu, statt der bisherigen Bodenarbeit das Ganze auf Bewusstseinsarbeit mit den Pferden auszudehnen?«

Teils fragende, teils lebhaft interessierte Gesichter.

Tanja holte aus und erklärte umfassend, was sich genau ändern würde. Die Gruppe wirkte positiv angespannt. Dann befragte sie jede einzelne, ob sie teilnehmen wolle oder lieber nicht. Es gäbe auch die Möglichkeit, die Gruppe zu trennen und einen Teil normal weiterarbeiten zu lassen. Doch das wollte keine. Das Abenteuer winkte. Zu verlockend! Zu machtvoll!

»Es kann aber auch haarig werden«, tönte es da von Elinor. Alle wandten sich ihr zu. »Es gibt eventuell Vorfälle, die uns noch viel tiefer verletzt haben, als wir es je für möglich gehalten haben und an die wir uns gar nicht mehr erinnern. Das kann ein Missbrauch in jungen Jahren gewesen sein. Oder etwas ähnliches. Das Positive daran ist - wir können es in dieser Gemeinschaft zusammen mit den Pferden besser und umfassender lösen, als es ein Psychologe alleine könnte.« Sie klimperte mit ihren langen Wimpern. Eine gewisse Unruhe wurde spürbar.

Samantha meinte leichthin, schlimmer als das bisherige könne es bei ihr nicht werden. Und hatte prompt die Lacher auf ihrer Seite. Vor allem Elinors Bass war deutlich hörbar.

»Also gut, dann machen wir es«, entschied Tanja.

Elinor erhob ihre Stimme. »Es gibt nun neue Regeln, die notwendig für jede Einzelne und für die Gruppe an sich sind. Wichtig ist: Jede darf seine Gefühle leben, also weinen, kreischen, wenn es sein muss, sogar schreien. Aber ein Beruhigen und Umarmen oder sonstiges Beschwichtigen von Seiten der anderen hat zu unterbleiben. Warum? Weil man damit nur sich selbst beruhigen will. Dies ist eine Strategie, eigene Verletzungen gar nicht erst herauszulassen. Wie sollte man damit umgehen, wenn man selbst in eine derartige Krise gerät? Dann lieber der anderen mit dem Tarnmantel des Liebevollen den Mund verbieten statt die heilenden Wasser der Tränen fließen zu lassen.«

Erstaunen malte sich auf den Gesichtern der Teilnehmerinnen. Tanja schloss schnell ihren Mund, als sie feststellte, dass er offen stand.

Eine kurze Pause füllte den Raum. Alle dachten über die letzten Sätze nach.

»Ebenso wichtig ist folgendes: Jede darf von unangenehmen Gedanken, Gefühlen und anderem berichten -

aber nur dreimal. Ab dann ist das Thema tabu. Letzten Endes muss jede Einzelne den Kampf mit sich selbst austragen. Das darf nicht zu einem Problem für die Gemeinschaft entarten.« Elinors Stimme verklang.

Tanja sah, wie so manche der Frauen schluckte. Dann begann sie, wie vorher besprochen, mit der Beschreibung ihrer Nacht, ihrer Träume, den Höhepunkten der vergangenen vierundzwanzig Stunden und der Erwartungen an diesen Tag. Diana folgte, und so ging es reihum. Elinor war die letzte.

Schließlich erhob sich Tanja, während die anderen es ihr nachtaten. Sie hatte darum gebeten, die bisherige Reihenfolge beizubehalten.

Die Pferde wurden einzeln von Erik und Peter schön geputzt in die kleine Halle gebracht, dann das Halfter abgenommen. Nun versuchten sich alle Frauen nacheinander darin, ihr Pferd in irgendeiner Weise in Bewegung zu setzen.

Tanja als erste hatte sich überlegt, neben Beauty anzutraben, in der Hoffnung, dass ihre Stute einfach mitlaufen würde. Tat sie aber nicht. Stattdessen wirbelte sie herum und galoppierte leichtfüßig in die andere Richtung. Tanja blieb stehen, Beauty auch. Fragend wandte sie ihren Kopf zu Tanja. Diese atmete tief aus, und lief langsam mit gesenktem Haupt zu Beauty. Dann gingen sie im Schritt wieder nebeneinander. Tanja versuchte spontan, sich um die eigene Achse zu drehen. Verdutzt blieb Beauty stehen. Als Tanja ihre Ausgangsposition erreichte, lief die Stute wieder los. Sie drehte sich erneut. Dieses Mal trabte Beauty an. Tanja lachte vor Freude und wurde langsamer. Beauty ging Schritt. Wieder eine Drehung. Antraben. Noch eine Drehung, schneller. Ein fröhlicher Galoppsprung. Langsamen Schrittes Richtung Mitte. Beauty wirbelte herum und blieb stehen. Tanja spielte weiter. Nach einer Weile ging sie wieder gesenkten Kopfes zu ihrer Stute und umarmte sie glücklich. Die Stute schnaubte mit strahlenden Augen an ihrer Schulter.

Julia und Andrea taten sich als quirlige Mädchen leicht darin, ihre ebenso munteren Jungpferde aufzumischen. Sie hatten wirklich Spaß. Doch auch die anderen legten schnell ihre Angespanntheit beiseite und gaben sich dem Spiel hin. Kurz - es wurde ein Vormittag voller Frohsinn und Heiterkeit.

Vor allem, als zum guten Schluss Lafayette, der als der Inbegriff von Faulheit galt, seinen Auftritt mit Elinor hatte. Diese grinste schon in Vorfreude wie eine Leuchtrakete. Das erste, was geschah, als Peter Lafayette das Halfter abnahm, war ein beglückter Schritt in Richtung Bahnmitte, dem ein wohliges Grunzen folgte - der Rest endete als Staubwolke. Elinor hatte ein frisch paniertes Pferd vor sich stehen.

»Na, bist du jetzt entspannt, mein Kleiner?« Der Wallach schüttelte tatsächlich seinen massigen Kopf.

»Neineinein, wir wollen uns jetzt mal bewegen.« Lafayette schien das anders zu sehen. Er wollte lieber auch noch seinen Kopf gekratzt bekommen. Deshalb versuchte er sich möglichst nahe an Elinor heranzuschieben. Diese kam ihm jedoch zuvor und machte ein paar kleine Schritte zur Seite. Der Wallach folgte, immer noch seinen Kopf auf Schrubbhöhe. Wieder trat Elinor weg. Lafayette lief hinterher. Allerdings sah man seinem Gesicht bereits den Zweifel an.

Elinor begann zu flöten: »Komm mein Kleiner, komm zu Mutti!«

Die Frauen auf der Tribüne hatten Mühe, ihr Lachen zu unterdrücken. Lafayette wirkte allmählich gelangweilt. Derweil flötete Elinor weiter vor sich hin. Der Wallach schien ein Gähnen zu verkneifen. Elinor baute sich vor ihm auf.

»Ey du kleiner Revoluzzer, hier geht es jetzt ums Ganze! Du kannst mich doch nicht so hängen lassen!«

Lafayette stupste sie freundlich an, schien aber seine Kraft falsch eingeschätzt zu haben. Plumps!, landete Elinor vor seinen Füßen im Sand. Von der Tribüne war leises Kichern zu hören. Der Wallach blickte unschlüssig zu der Frau hinunter. Dann begann er, seinen Kopf an ihr zu reiben und beförderte sie endgültig zu Boden. Mittlerweile befanden sich zwei panierte Schnitzel in der Halle. Das Gelächter der Zuschauerinnen war nun nicht mehr zu halten. Laut schallte es herüber.

Elinor zog sich an Lafayettes Mähne in die Höhe und flüsterte ihm etwas ins Ohr. Und tatsächlich - er schien eine Verbeugung in Richtung Tribüne anzudeuten, während Elinor an seiner Seite eine Art Hofknicks vollführte. Das Lachen der Frauen wurde von kräftigem Klatschen begleitet.

»Siehste wohl, mein Bester, wir hatten heute unsere Show-Einlage!« Sprachs und ging mit strahlendem Lächeln neben dem Wallach aus der Halle. Ohne Halfter. Bis in die Box. Ohne Ausflug zum verheißungsvoll duftenden Heuwagen.

Tanja registrierte dies ebenso erstaunt wie alle anderen.

Eigentlich wunderte es die Kursleiterin schon nicht mehr, wie harmonisch die Ritte am Nachmittag verliefen. Pferde und Reiter schwebten in gemeinsamer Melodie, ein Paar schöner als das andere. Selbst bei Elinor, die eine blutige Anfängerin war und dazu noch den schweren Lafayette ritt, wirkte alles mühelos und leicht.

Ganz erstaunt war Tanja von Mareike, die sich zu einem gänzlich anderen Menschen und einer wesentlich einfühlsameren Reiterin entwickelte. Sie begann sich mehr und mehr zu öffnen, fühlte sich offensichtlich immer wohler in der Gruppe, die sie gerne in ihrer Mitte aufnahm.

Aber auch Kathrin und Sandra, die sich anfangs sehr skeptisch gegenüber Elinor und den Ereignissen verhalten hatten, tauten merklich auf. Der starke Ehrgeiz ging verloren, spielerische Leichtigkeit folgte. Die Ritte wirkten nun spektakulär simpel - und das auf hohem Niveau.

Stanis wirkte nach dem Unterricht so zufrieden wie noch nie.

»Ganz egal, was du bisher mit den Frauen gearbeitet hast, Tanja - mach weiter damit! So gefällt mir der Reitunterricht!« Er nickte und wandte sich wieder seiner Arbeit zu.

Nun konnte Tanja es nicht mehr erwarten. Statt zum Herrenhaus hinüber zu gehen, sattelte sie Beauty, die gar nicht mehr ihre Nase von ihr lassen konnte. Noch bevor Tanja die Stute zum Brunnen hinüberführte, um von dort aufzusteigen, spürte sie bereits ein tiefes Einverständnis mit dem Tier.

Die beiden ritten durch die Bögen des Verbindungsweges hinüber zum Dressurviereck. Und tanzten in einer Art und Weise, die Tanja noch niemals beim Reiten erlebt hatte.

Stanis hatte sich an den Rand gesetzt und beobachtete sie strahlend.

»Heute habe ich keine Korrekturen angebracht, weil ich euch nicht stören wollte«, sagte er der glücklichen und verschwitzten Tanja. »Du solltest endlich einmal spüren, was Schwerelosigkeit mit einem Pferd bedeutet!«

Atemlos beugte sich diese vor und umfasste mit beiden Armen den Hals ihres Pferdes.

»Danke Beauty! Danke für diesen sagenhaften und unglaublichen Ritt!«

Sie schwebte auf einer rosaroten Wolke heim. Niemals mehr wollte sie dieses Gefühl vermissen.

Später telefonierte sie mit Diana. Diese hatte Patsy

zwar nicht mehr dressurmäßig gearbeitet, schließlich aber nach Hause geritten. Auch sie teilte dieses unglaubliche Gefühl, mit einem großen Verlangen nach mehr.

Kurz sprachen die Freundinnen über das Programm des nächsten Tages.

»Weißt du, nach den Highlights heute würde ich morgen am liebsten wieder einen Gang herunterschalten. Sonst liegt die Messlatte zu hoch«, teilte Tanja Diana ihre Empfindungen mit.

Diese schwieg kurz, dann lachte sie. »Entschuldige bitte, aber ich habe dir gerade Zustimmung genickt, bis mir aufgefallen ist, dass du dich da ein wenig mit dem Sehen schwertun würdest!«

Tanja stimmte in das Lachen ein. »Also denkst du auch, dass eine Programmänderung sinnvoll wäre?«

»Ja, absolut. Falls das so weitergeht mit diesen Erlebnissen, können wir am Ende der Woche sogar telepathisch miteinander kommunizieren. Stell dir vor, dann siehst du sogar mein Nicken am Telefon.«

»Das wir dann ja gar nicht mehr brauchen würden«, kicherte Tanja zurück.

»Was willst du denn dann morgen als Programmpunkt einplanen?«, kam es vom anderen Ende der Leitung.

»Hm. Da muss ich nochmal ein bisschen überlegen. Ich habe nichts Konkretes, möchte aber gerne in die Stille gehen.«

»Das klingt gut. Ich bin schon sehr gespannt darauf!

Grüß deinen Mann von mir! Ich wünsche dir noch einen schönen Abend!«

»Ja danke, dir auch! Wir sehen uns morgen im Stall!«


Max war hocherfreut von den Geschehnissen, die ihm Tanja in aller Ausführlichkeit schilderte.

»Das hört sich toll an! Ich habe schon ein wenig im Internet recherchiert. Da gibt es vielleicht das ein oder andere, das für euch interessant wäre. Zum Beispiel habe ich etwas über pferdegestütztes Coaching gelesen. So eine Art mentale Stütze zum Erreichen bestimmter Absichten. Die Hauptzielgruppe scheinen Führungspersonen und Manager zu sein. Ich möchte mich noch genauer einlesen, aber vielleicht gibt es da einige spannende Themen für euch. Führtraining zum Beispiel.«

»Hm. Führen können die meisten eigentlich schon.« Tanja kniff die Augen zusammen. Dann durchzuckte sie ein Gedankenblitz. »Aber vielleicht unter erschwerten Bedingungen? Zum Beispiel, wenn ein LKW mit laufendem Motor auf dem Hof steht?« Sie blickte Max gespannt an.

»Das hört sich für mich zu gefährlich an. Die Idee an sich ist gut - vielleicht solltest du sie aber etwas ummodeln. Wie wäre es damit: Die Führende hört auf, sobald sie spürt, dass ihr Pferd Angst bekommt?« Erwartungsvoll neigte sich Max nach vorne.

Tanja dachte nach. Je mehr sie überlegte, desto mehr begann das Ganze Gestalt anzunehmen. »Das klingt klasse! Festzustellen, ab wann Gefahr droht. Und dann seinem Gefühl zu folgen. Entweder einen großen Bogen schlagen, oder langsam das Pferd an die scheinbare Gefahr heranführen. Oder ganz vernünftig bis zu einem Punkt gehen, an dem Spannung kurz vor knapp ist und dann abbrechen. Immer noch den Grund zum Loben haben. Du - das ist eine ganz faszinierende Idee!«

Die beiden strahlten sich an.

»Aber für morgen hätte ich gerne noch etwas Ruhigeres. Das Führtraining plane ich vielleicht für Mittwoch ein.«

»Okay. Mal sehen.« Max lehnte sich entspannt in die tiefen Kissen der Couch zurück.

»Ich habe da noch etwas gelesen. Nämlich ein Ziel, das man sich für die Zukunft setzen möchte, über eine Art Gespräch mit dem Pferd abklären lassen.«

Tanja setzte sich abrupt auf. Der Vorschlag traf sie im Innersten. »Wie meinst du das?«, fragte sie atemlos.

»Stell dir vor, du möchtest etwas ändern in deinem Leben. Zum Beispiel eine berufliche Entscheidung. Oder einen Wohnortswechsel. Du bist dir aber durchaus nicht sicher, ob das die richtige Wahl ist. Dann versuchst du in die Ruhe zu kommen und in Gegenwart eines Pferdes darüber nachzudenken.« Er blickte Tanja an, die Augen halb geschlossen.

Diese lehnte sich zurück und begann, voller Gedanken an ihren Nägeln zu kauen. Ein strafender Blick ihres Mannes, und sie ließ hastig davon ab.

»Das hört sich genau richtig an. Und fühlt sich auch

genau richtig an. Aber - hat denn jede der Teilnehmerinnen gerade eine Entscheidung zu treffen?« Zweifelnd blickte sie in Max blaue Augen.

Der grinste. »Und ob. Entscheidungsfreiheit kann sich heute keiner mehr leisten. Das gibt es gar nicht mehr. Selbst wenn es die Frage ist, wie man Tante Erna davon abhalten kann, nächstes Wochenende zu Besuch zu kommen.«

Tanja lachte gemeinsam mit ihrem Mann. Dann sagte sie zustimmend: »Ja, ich denke, das ist es. Vielleicht sollten die Mädels vorher ihre Fragestellung laut vor der Gruppe sagen. Dann gehen sie hinein zu dem Pferd. Anschließend an das Gespräch geben sie ihre Entscheidung bekannt. Danach könnten die anderen ihre Beobachtungen und Gefühle mitteilen.«

»Das klingt stimmig. Aber meinst du nicht, dass dann das Erlebte durch die fremden Meinungen wieder ins Wanken gerät?«

Nachdenklich neigte Tanja ihren Kopf. »Ich weiß nicht. Nein, ich denke nicht. Ich glaube, dass man nach diesem Gespräch mit dem Pferd eine innere Gewissheit hat und nur positiv gestärkt wird. Vielleicht sollte man vorab klären, dass nur positive Meinungen geäußert werden dürfen?« Fragend blickte sie ihren Mann an.

»Nein, Empfindung ist Empfindung. Zudem bin ich der Meinung, dass ihr alle mittlerweile so im Positiven seid, dass Negativität sich von selbst verbietet.«

»Okay, ich lasse es morgen einfach mal auf einen Versuch ankommen. In diesem Sinne: Prost!«

# DIENSTAG

Nach der morgendlichen Meditation - Elinor hatte ihr dafür ein paar schöne CDs gegeben - und der Besprechung wie tags zuvor gab Tanja die heutige Aufgabe bekannt. Sie spürte förmlich die Spannung steigen. Deswegen versuchte sie die fast greifbare Unruhe zu stoppen, indem sie sehr spontan darum bat, dass eine jede ein Bild malen sollte. Links unten den Jetzt-Zustand, nach oben rechts das erwünschte Ergebnis. Schnell kramte sie mit Diana Papier und Stifte aus dem Schrank.

Tanja bat darum, nach Beendigung des Bildes dieses umzudrehen und zu schweigen, bis alle fertig waren.

Aus einem Grund, den niemand verstand, sprang plötzlich Mareike auf, warf dabei noch den Stuhl um und lief aus dem Raum. Verdutzt blickten die Frauen ihr hinterher, akzeptierten aber deren Verhalten aufgrund der beschwichtigenden Handbewegungen von Elinor. Stattdessen widmeten sie sich ihren Zeichnungen.

Dann ging die um eine Person geschrumpfte Gruppe zum offenen Roundpen, um den ein paar Bänke standen. Wieder brachten Erik und Peter die geputzten Pferde der Reihe nach zum Eingang, ließen dieses Mal aber die Halfter oben.

Tanja, die eigentlich gerade ihre Gedanken bei Mareike hatte, machte den Anfang. »Die Frage, die mir im Kopf herumgeht, ist, ob ich das Programm auf meiner

Anlage so verändern soll, dass ich Kurse wie diesen häufiger anbiete.«

Sie atmete tief durch. Elinor hielt ihr die Tür auf, hinter der bereits Beauty auf Tanja wartete. Beide gingen gemeinsam nebeneinander zur Mitte des Roundpen. Dort setzte sie sich auf den Boden. Beauty schnoberte in ihr Haar. Tanja nahm einen tiefen Atemzug und machte ihre Augen zu. Im gleichen Moment schossen ihr die Tränen in dieselben. Sie nahm wahr, dass sich Beauty neben sie stellte und dort verharrte. Alle Gedanken waren wie weggeblasen. Sie fühlte sich warm und geborgen, wie in einer rosaroten und fliederblauen Blase aus Liebe.

Sie wußte nicht, wieviel Zeit verstrichen war. Irgendwo hörte sie das Kreischen eines Mäusebussards. Noch intensiver als bisher nahm sie eine Art Verwurzelung mit der Erde wahr. Sie öffnete die Augen. Die Tränen waren getrocknet und eine innere Sicherheit erfüllte sie. Sie stand auf, drehte sich zu ihrer Stute und umarmte sie. Dann gingen die beiden wieder an den Eingang. Peter tauchte auf, um die Stute abzuholen und in die Box zu bringen.

»Das war mit Abstand das Fantastischste, was ich je erlebt habe«, platzte Tanja heraus. Sie versuchte, ihre Gefühle zu beschreiben.

Elinor strahlte sie selbstzufrieden an. »Was hast du jetzt entschieden?«, fragte sie in die Sprechflut hinein.

»Ach so, ja.« Tanja lachte verlegen. »Ich glaube, ich bin so hin und weg von diesen Gefühlen und ich wünsche mir so sehr, dass ihr alle das erlebt, dass ich noch gar nicht erzählt habe, dass ich tatsächlich ab sofort diese Kurse ausarbeite und anbiete. Ich werde mich zunächst über die gesamte Thematik informieren und, falls das möglich ist, entsprechend weiterbilden. Und - ich bin mir absolut sicher, dass dies der richtige Weg ist!« Tanja strahlte die anderen Frauen an. Diese strahlten zurück.

Samantha erhob ihre Stimme. »Ich fand es total schön, wie Beauty sich an deine Seite gestellt hat. Wie man es aus Westernromanen kennt. Hinterbein abgewinkelt, völlige Entspannung, abwarten. Echt klasse! Das hat in mir so schöne Gefühle ausgelöst, dass ich auch fast zu heulen angefangen habe.«

Einige der anderen Frauen nickten. Elinor fragte in die Runde, ob noch jemand anderes seine Empfindungen mitteilen wollte.

Kathrin ließ sich nun mit ihrer ruhigen Stimme vernehmen. »Ich hatte die ganze Zeit das Gefühl, als wären tausende von Schmetterlingen um euch herum. Es war grandios!«

Da begannen nun auch die anderen, ihre Meinungen und Eindrücke herauszusprudeln, als hätte ausgerechnet eine der beiden ehemaligen Skeptikerinnen der Gruppe dazu beigetragen, die Hemmungen niederzureißen.

Als alle wieder still waren, zeigte Tanja noch ihr Bild. Links unten sah man einige Pferde mit Reiter im Kreis laufen, in der Zukunft - genau das Bild, das die Teilnehmerinnen gerade gesehen hatten: Ein Mensch auf dem Boden sitzend, neben sich ein Pferd stehend...

Die Emotionen nahmen überhand und Diana freute sich darauf, nun mit Patsy ihr eigenes Erlebnis zu haben.

»Ich stelle mir die Frage, wie ich mich besser hier in den Ort und in die menschlichen Beziehungen einbinden kann.« Sie schluckte, wurde rot und drehte sich um. Patsy wartete bereits in aller Gemütsruhe im Roundpen.

Während Insekten leise um die Frauen summten und diese träge in der Sonne saßen, stand Diana still neben ihrer Stute, das Gesicht von den anderen abgewendet.

Nach eine geraumen Weile drehte sie sich um, strahlend von einem Ohr zum anderen.

Die Frauen merkten auf.

Diana trat aus der Einfriedung, indes Peter ihre Stute wegführte. »Ich weiß, was ich mache! Ich gebe erst eine Tupperware-Party und lade die Damen des Ortes ein. Mit schönem Gastgeschenk und so. Dann werde ich den Bürgermeister und die Vorstände der Vereine um die nächsten Termine für Wohltätigkeitsveranstaltungen fragen. Dort stelle ich einige Bilder als Spende zur Verfügung. Im Sommer werde ich einen Malkurs für die Kinder anbieten, natürlich kostenlos. Vielleicht, wenn es eine Nachfrage gibt, gründe ich sogar noch einen Kunstverein!«

Aufgeregt lachend sah sie in die Gesichter der anderen Frauen, die enthusiastisch wirkten.

»Das hört sich toll an!«, rief Elinor laut aus.

Tanja fragte sich im Stillen, warum Diana bisher noch nicht auf diese Ideen gekommen war. Sie würde die Freundin später darauf ansprechen.

Samantha war höchst nervös, bevor sie zu Marbella in den Roundpen trat. Die Stute dagegen wirkte zwar aufmerksam, aber nicht angespannt. Allerdings ließ der Fuchs sich nicht berühren - zumindest am Anfang nicht. Erst, als sich die Stimmung der dunkelhaarigen Frau offensichtlich ins Positive verlagerte, ging Marbella von sich aus zu Samantha und schnoberte sie zärtlich an. Samantha fiel sprichwörtlich ein Stein von Herzen. Bis draußen zu den Frauen hörbar.

Geerdet und frei wandte sie sich zu diesen um und verkündete mit bebender Stimme: »Ich trenne mich von meinem Mann!«

Mit diesen Worten verließ sie den Korral und ging mit der Stute am Strick in den Stall, wo sie längere Zeit verschwand. Zum Ende der vormittäglichen Aufgabe hin gesellte sie sich wieder zur Gruppe.

Bis alle Frauen durch waren, hatte die Mittagspause bereits angefangen. Trotzdem gingen sie noch zur Abschlussbesprechung in den Stall.

Diana wollte auf dem kurzen Weg von Tanja wissen, warum sie diese nicht im Freien abhielten. Sie zuckte unschlüssig mit den Schultern und meinte, das sei gerade ihr Gefühl. Fragend blickte sie zu Elinor, die wieder einmal strahlte. Schließlich meinte Tanja, sie hätte das Gefühl von mehr Intensität in einem geschlossenen

Raum, während es draußen viel Ablenkung und für den Anlass zuviel Freiraum gäbe. Elinor nickte zufrieden lächelnd.

Nach wie vor gingen Tanja die Gedanken, die sie sich um Mareike machte, im Kopf herum. Die kleine Frau war immer noch nicht aufgetaucht und blieb weiter über Mittag verschwunden. Nicht einmal zum Malen auf der Koppel - wie sonst üblich - ließ sie sich blicken.

Tanja fand sie letztlich in der Box von Lisgast, wo sie wohl schon einige Tränen geweint hatte. Die Leiterin wußte nicht recht, wie sie beginnen, was sie überhaupt sagen sollte. Lisgast nahm ihr das unvermutet ab. Die Stute bewegte sich auf die andere Seite von Mareike und schob sie sanft an die Tür, wo Tanja lehnte. Schließlich begegneten sich die Blicke der beiden Menschen, die eine verstört und unsicher, die andere sich ebenfalls nicht wohl in ihrer Haut fühlend.

»Tut mir leid«, begann Mareike und schniefte.

Tanja reichte ihr ein reichlich zerdrücktes, aber noch sauberes Taschentuch.

»Jetzt habe ich schon wieder gegen die Regeln verstoßen. Ich darf doch gar nicht um diese Zeit hier in der Box sein.«

Tanja nickte und meinte leichthin: »Zumindest war dieses Mal die Boxentür geschlossen.«

Weitere Vorhaltungen wollte sie der kleinen Frau gegenüber nicht machen, zu sehr war diese immer noch in der Defensive. Bevor sie nach der Ursache des Vorfalls nach der Meditation fragen konnte, gab Mareike wieder klagende Laute in ihr Taschentuch von sich. Mühsam verzichtete Tanja darauf, die Weinende zu umarmen, eingedenk der Worte von Elinor.

Nach einer Weile hoben und senkten sich die Schultern von Mareike immer weniger und sie schnäuzte abschließend in das mittlerweile nasse Taschentuch. Tanja reichte ihr schweigend ein weiteres, ihr letztes.

Endlich platzte bei der Teilnehmerin der Knoten und sie erzählte Tanja, sie hätte sich unerträglich unter Druck gesetzt gefühlt. Ihr wurde - einmal mehr - voll bewusst, noch nie etwas richtig in ihrem Leben gemacht zu haben. Eine Zukunftsperspektive sah die kleine Frau für sich nicht. Deswegen hatte sie die Übung so kopflos gemacht und ihre Reaktion proviziert. Sie stellte gerade ihr ganzes Leben, ja ihre Daseinsberechtigung in Frage.

Tanja hörte ihr wortlos zu. Als Mareike endlich mit ihren Selbstvorwürfen und Selbstdemütigungen fertig war, fragte sie nur: »Warum, Mareike, solltest ausgerechnet du all das Glück, die Erfahrungen, die Fertigkeiten, die du diese vielen Tage erleben und dir aneignen durftest, weniger verdienen als alle anderen, als der Rest unserer Gruppe?«

Tanja schüttelte ein wenig ratlos den Kopf und wandte sich ab. Sie ging die Stallgasse hinunter und beschloss, Mareike den eigenen Gedanken und der Heilkraft der Stute Lisgast zu überlassen. Sie selbst fühlte sich überfordert mit dieser Situation und fragte sich, wie sie wohl in den zukünftigen Kursen bei ähnlichen Problemen reagieren würde.

War das Ganze nicht doch etwas verwegen? Schließlich war sie keine ausgebildete Psychologin. Aber dafür die Pferde - erleichtert seufzte Tanja auf, konnte sich aber eines gewissen Schuldbewusstseins Mareike gegenüber nicht erwehren.

Als es Zeit wurde zum Putzen und Satteln, lugte Tanja vorsichtig und nicht ganz überzeugt in Richtung von Lisgasts Box.

Doch Mareike war wirklich wieder dabei, Teil der Gruppe, lachend und emsig mit den Vorbereitungen zum Reiten beschäftigt.

Elinor trat an Tanjas Seite und deutete mit dem Kinn zu dem Paar.

»Häschen war vorhin noch bei mir, wir haben geredet. Vor allem über deinen konstruktiven Satz, der hat sie wieder runtergebracht. Plötzlich wurde ihr klar, dass sie sich als Sonderfall außerhalb der Gruppe gestellt hat. Genau diese Einzelbehandlung will sie aber doch vermeiden! Tja, so ist ihr Kartenhaus zusammengestürzt und sie ist wieder geerdet. Die vielen Emotionen, vor allem am Samstag, haben ihr wohl zugesetzt. Sie kam damit nicht klar und hat sich deshalb wieder ihrer bisherigen Strategie des Kleinmachens bedient. Ich glaube, jetzt ist sie ziemlich durch damit und für einen konstruktiven Neuanfang bereit.«

Mit diesen Worten wandte sich Elinor ihrem Lafayette zu, der mit dem Maul voller Heu aus der Box zu ihnen hinüberäugte.

»Na mein Schatz, wie ist es heute gelaufen?« Max tauchte aus der Küche auf, als Tanja am Nachmittag müde und hochzufrieden die Tür des Herrenhauses öffnete.

»Oh, du bist ja schon da, wie schön! Ich habe dir so viel zu erzählen, es ist der Wahnsinn!«

Sie verschwand in seiner liebevollen Umarmung und küsste ihn zärtlich.

»Das hört sich gut an. Toll, dass ich heute schon früher heimkommen konnte. Möchtest du erst spazieren gehen oder wollen wir gleich etwas essen? Marianna ist schon los, sie hat heute noch was zu erledigen. Deswegen hat sie Lasagne in den Ofen gestellt und Blattsalat vorbereitet. Ich brauche nur noch die Sauce darüber kippen und umrühren.«

Erwartungsvoll sah er seine Frau an. Diese schwankte sichtlich hin und her. Schließlich meinte sie: »Lass uns doch erstmal spazieren gehen, wir hatten heute etwas später Mittag. Die Hunde sind dann auch mehr ausgepowert als jetzt.«

Mit diesen Worten blickte sie zu Boden, wo bereits Charles und Mortimer nachdrücklich um sie herumwuselten. Als hätten sie die Worte spazieren gehen jetzt oder später genauestens verstanden.

Lachend griff Max Tanja um die Taille und zog sie zur Tür hinaus.

»Also, dann mal los!«, forderte er sie wissbegierig zum Erzählen auf.

»Ich fange mal mit dem Reiten am Nachmittag an. Ob du es glaubst oder nicht, es war noch besser und harmonischer als gestern! Der absolute Hammer! Stanis ist so beeindruckt und zufrieden, ihm wäre es wohl am liebsten, wir würden nur noch solche Kurse abhalten. Ich frage mich allerdings, ob wir nicht morgen Nachmittag einen Break zwischenlegen sollten. Vielleicht ohne Sattel reiten.«

Tanja legte den Kopf schief und blickte Max von unten herauf an.

»Und ohne Trense!«, kam es von diesem spontan zurück.

Tanja blieb überrascht stehen. »Deckt unsere Versicherung etwaige Schadensfälle?«, fragte sie besorgt.

Max lachte aus vollem Halse. »Das ist meine Frau! Jetzt mal im Ernst, passieren kann immer etwas. Du kannst dir ja von den Teilnehmerinnen, die diesen Programmpunkt belegen wollen, nochmal eine Extra-Unterschrift für Haftungsausschluss geben lassen. Vielleicht ist das sogar vernünftig.« Er neigte anerkennend seinen Kopf.

Tanja zog ihn weiter, den Weg Richtung Meer hinunter. Vorne, in weiter Ferne, tauchte Charles auf, Mortimer folgte. Auf einen schrillen Pfiff von Max hin tobten die beiden Greyhounds den Spaziergängern übermütig entgegen.

»So fröhlich und ausgelassen - ich glaube, ich bin mit

meinen Mädels auf dem Weg dorthin...« Tanja kuschelte sich wohlig an Max Brust, während sie ihm ausführlich vom Vormittag erzählte. Sie sparte auch die Krise mit Mareike und deren Lösung nicht aus. Als Höhepunkt hatte sie sich ihr eigenes Erlebnis aufgehoben. Welches Max, wie von Tanja vorausgeahnt, tief berührte und begeisterte. Intensiv diskutierten sie nun über weitere Möglichkeiten und Vorgehensweisen.

Das Schönste an allem aber war, dass sich Max nun selbst für die zukünftigen Lehrgänge und deren Planung einbringen wollte! Tanja war einmal mehr selig über das Schicksal, das sie diesem Mann hatte begegnen lassen.

# MITTWOCH

Der nächste Morgen brachte zufriedene und entspannte Gesichter. Die Meditation wurde bereits als notwendig herbeigesehnt. Übereinstimmend berichteten anschließend alle Frauen von einer guten Nacht mit tiefem Schlaf und einige erinnerten sich sogar an schöne Träume.

Dann stellte Tanja die heutige Aufgabe vor. »Wir machen jetzt eine Führübung. Keine normale, das bekommt ihr ja alle bestens hin, wie wir auf dem Spielplatz letzte Woche sehen konnten.« Sie zwinkerte im Andenken an den ersten Montag kurz Mareike zu. »Heute wollen wir unser Gefühl für Gefahr schulen. Ein Trecker mit großem Mähwerk und laufendem Motor steht nachher im Hof beim Brunnen. Ihr sollt eure Pferde - wieder der Reihe nach - in Richtung dieses Treckers führen. Achtet auf das Verhalten eures Pferdes und auf eure Gefühle. Sobald ihr merkt, dass das Gefühl der Gefahr stark wird, unterbrecht ihr die Übung. Entweder führt ihr euer Tier zurück, oder in einem weiteren Bogen als von euch zunächst geplant um den Trecker herum. Auf jeden Fall sollt ihr die Übung positiv für euch und euer Pferd beenden. Und positiv bedeutet ganz bestimmt nicht, das andere Ende des Hofes zu erreichen. Sondern euer Pferd und auch euch selbst - wegen des Eingehens auf die innere Warnung - loben zu können!«

Tanja blickte eindringlich von einer zur anderen, der Reihe nach. In die entschlossenen Gesichter von Sandra, Kathrin und Samantha, in die etwas grauen von Mareike und Melanie, in die gespannt- neugierigen von Julia, Andrea, Diana und Elinor.

»Okay, auf geht´s. Mal sehen, was wir heute lernen!« Mit diesen Worten wuchtete sich Elinor aus ihrem Stuhl, der ein heiseres Krächzen von sich gab. Das gemeinsame Gelächter lockerte die Spannung beträchtlich.

Tanja war wie üblich als Erste an der Reihe. Peter hatte Beauty von hinten durch den Schulstall zur Gruppe gebracht, sodass es noch keinen Gewöhnungseffekt gab.

Bevor Tanja den Strick ergreifen konnte, hob Elinor die Hand. »Nimm drei tiefe Atemzüge, atme bis zum Bauch. Wenn du ausatmest, lass alles, was bisher geschehen ist, alles, was du erwartest, los und komme ins Hier und Jetzt!« Tanja tat, wie ihr geheißen. Augenblicklich fühlte sie sich stabiler und geerdeter.

Dann wandte sie sich ihrem Pferd zu und nahm den Strick. Sie ging um die Ecke des Stalles - und da stand er. Erik ließ den Motor an, der Trecker samt Mähwerk begann zu beben. Beauty auch. Tanja strich mit ihrer freien Hand beruhigend an ihrem Hals entlang und atmete tief. Sie versuchte, ein Gefühl von Vertrauen und Ruhe über ihre Hand an Beauty zu übertragen. Und tatsächlich - die Stute entspannte sich. Mutig schritt sie hinter Tanja her, der Strick hing durch.

Doch fünf Meter vor dem Ungetüm spürte Tanja plötzlich, wie sich eine Faust in ihrem Magen ballte. Sie blieb schlagartig stehen und wandte sich zu ihrer Stute um. Diese zeige bereits das Weiß in ihren Augen und begann sie zu rollen. Instinktiv wußte sie, dass sie hier mit der Übung aufhören sollte. Selbst das Beruhigen und Handauflegen wirkte nun nicht mehr. Vorsichtig und langsam ließ sie die Stute ein paar Schritte von dem Trecker rückwärts wegtreten, dann wendete sie sie und kam zur Gruppe zurück.

Beauty nahm endlich den Kopf wieder herunter und schnaubte ab. Nachdem Tanja sie ausgiebig gelobt hatte, griff Peter die Stute am Halfter und brachte sie auf gleichem Weg hintenherum wieder in ihre Box.

»Wow, das war der Wahnsinn! Das habe ich bisher noch nie erlebt! Ich hatte einen Klumpen im Magen - und wie ihr alle vermutlich gesehen habt, hing zu diesem Zeitpunkt der Strick noch durch!« Fassungslos schüttelte Tanja den Kopf.

»Krass!« Samantha beugte sich vor. »Ob ich wohl auch so viel Einfühlungsvermögen besitze?«, fragte sie mehr sich selbst als den Rest der Gruppe.

Elinor antwortete ihr prompt. »Wenn du auf dein Bauchgefühl hörst - sicher! Das ist es ja, was wir gerade trainieren wollen. Wir sollten auch versuchen, dieses auf ganz andere Situationen zu transportieren. Wenn du dich zum Beispiel auf Menschen einlässt, die schlecht für dich sind. Und dein Bauch schreit nein!« Sie zog die Augenbrauen hoch und betrachtete Samantha aus halb geschlossenen Augen.

Diese schluckte. »Ich verstehe schon, was du meinst…«

Tanja gab Peter ein Zeichen, der nun mit Patsy erschienen war. Elinor vollführte mit Diana das gleiche Erdungsritual, dann begann ihre Übung.

Andrea und Julia hatten Mühe, die beiden jungen Pferde überhaupt nur in die Nähe des Traktors zu bringen, waren aber verständig genug, die Situation nicht auszureizen.

Mareike wirkte verständlicherweise besonders ängstlich. Durch die Zeremonie mit Elinor ging es ihr aber merklich besser. Als sie den Strick von Lisgast aus Peters Hand entgegennahm, stupste die Stute sie zärtlich an und schnoberte am Körper der zarten Frau entlang. Plötzlich trat ein Glanz in die Augen von Mareike, sie umarmte Lisgast kurz und wandte sich dann couragiert dem Traktor zu. Erst wenige Meter vor diesem blieb sie stehen, streichelte ihr Pferd und drehte sich um. Als sie bei der Gruppe anlangte, sah man förmlich, wie Mareike einen Meter gewachsen war.

Samantha hatte mit Marbella als Leitstute eine besondere Herausforderung. Elinor nahm sich extra viel Zeit, sie zu erden. Die hochgewachsene Frau schluckte sichtbar, als sie von Peter die Fuchsstute übernahm. Dann warf sie Elinor einen Blick zu, mit dem sie sich wohl etwas Sicherheit holen wollte und ging um die Ecke. Die Stute warf beim Anblick des scheppernden Treckers den Kopf hoch und trat einen Schritt rückwärts. Nun reagierte Samantha aber resolut. Sie forderte Marbella zu zwei weiteren Tritten Rückwärts auf, dann ging sie beherzt in Richtung Ungetüm. Marbella folgte. Erstaunlicherweise, wie sich Tanja insgeheim dachte. Der Strick war stets leicht in Spannung, was sich von Samantha und Marbella nicht sagen ließ. Diese waren eher höchst gespannt. Dann kippte die Stimmung. Marbella hatte wohl beschlossen, die Aufgabe schnellstmöglich hinter sich zu bringen und raste mit Samantha an dem Traktor vorbei. Anschließend kamen sie in weitem Bogen zur Gruppe zurück.

Lobendes Gemurmel schallte ihr entgegen. Nur Tanja, Diana und Elinor teilten diese Empfindung nicht.

»Seht ihr, war gar nicht so schwer!«, hörten sie Samantha hochzufrieden sagen. »Ich musste nur selbst wissen, dass ich mit Marbella da vorbei will. Deshalb kam sie selbstverständlich mit.« Beifallheischend blickte sie sich um.

Tanja zog ihre Augenbrauen leicht hoch. Elinor schnalzte mit der Zunge. »Hattest du zu irgendeinem Zeitpunkt Zweifel an deiner Aktion?«, fragte letztere.

»Warum sollte ich? Ich wußte ja, was ich erreichen wollte...« Der Rest des Satzes klang schon gar nicht mehr so selbstbewusst. Ihre Stimmung wechselte merklich ins Aggressive.

Tanja sah Samantha an. »So gesehen warst du sicherlich besser als wir alle. Aber - die Aufgabenstellung war eine völlig andere. Das Bauchgefühl erkennen, nicht eine Trainingseinheit absolvieren!«

»Dann hätte ich gar nicht erst aus dem Stall herausgehen können«, schoss Samantha zurück.

Elinor wiegte sanft ihren Kopf. »Ey Häschen, dann hättest du besser im Stall bleiben sollen. Schau, es ist ja nun so, dass dich dein ganzer Körper schon vor der Aktion gewarnt hatte. Vielleicht solltest du lernen, eine Sache ganz abzublasen, wenn du etwas derart stark Negatives spürst. Selbst wenn du schon Geld - meinetwegen eine ganze Menge Geld - dafür ausgegeben hast - lass es sein!«

Samantha starrte sie schweigend mit finsterem Blick an. Sie schien sich vor der gesamten Gruppe gedemütigt zu fühlen.

»Es sind oft genug Menschen nicht in ein Flugzeug gestiegen, obwohl sie einen höchst dringenden Termin hatten, weil ein Gefühl ihnen sagte: Lass es sein! Und genau dieses Flugzeug ist niemals an seinem Bestimmungsort angekommen, sondern unterwegs abgestürzt.«

Samantha senkte ihre brennenden Augen zu Boden.

Elinor sprach sie wieder zärtlich an. »Häschen, genau dafür sind wir doch jetzt hier. Damit du wieder Zugang zu deinem Unterbewusstsein, zu deinem Bauchgefühl bekommst. Willst du die Übung noch einmal mit einem anderen Pferd versuchen?«

Samantha schüttelte heftig den Kopf. »Jetzt nicht, danke. Ich hab erst einmal genug davon.«

Demonstrativ wandte sie sich von der Gruppe ab und schmollte in einer Ecke alleine vor sich hin.

Als die anderen schließlich alle ihre Übung beendet hatten, kam Samantha zurück und meldete sich noch einmal zu Wort. »Ich würde es doch gerne mit einem anderen Pferd probieren. Ich meine, mit Marbella dürfte es wohl nicht allzu viel Sinn haben, oder?« Sie legte ihren Kopf schief und blickte Tanja an.

Diese zuckte mit den Achseln, dann lächelte sie. »Ja klar. Peter, hol mal schnell Sunny herüber.«

An die Gruppe gewandt, wollte sie die Stute kurz vorstellen, aber Elinor unterbrach sie sofort.

»Wir wollen ja keine Vor-Urteile bilden, nicht wahr?«, kokettierte sie wohlwollend.

Da ertönten auch schon die Hufschläge der Stute auf der Stallgasse.

Nochmals vollzog Elinor mit Samantha die zentrierende, erdende Zeremonie. Dann trat sie mit einem zufriedenen Lächeln zur Seite. Als Samantha dieses Mal den Kopf hob, lag nicht die harte, die felsenfeste Überzeugung in ihrem Blick. Stattdessen war er weicher geworden.

Sie nahm den Führzügel, ließ die Stute an ihren Händen schnuppern, fuhr ihr einmal zärtlich über den Hals - und wandte sich dem nun wieder scheppernden Traktor zu.

Sunny wurde unruhig. Samantha atmete nun tief, die Stute beruhigte sich. Das Seil hing durch, als Samantha loslief. Nach einigen Metern blieb sie stehen und drehte sich zu der braunen Stute um. Diese wirkte aber immer noch halbwegs ruhig. Dann liefen sie wieder zwei Meter. Ein Blick zurück, warten. Die Stute senkte den Kopf und schnoberte. Samanthas Atmung beschleunigte sich. Kurz blickte sie zur Gruppe hinüber, dann wendete sie das Pferd ab und kam zurück.

Mit einem glücklichen Aufseufzen übergab sie Peter die Stute.

»Ich glaube, ich hab's kapiert! Ich habe es gefühlt! Ich freue mich so!!!« Samantha strahlte über das ganze Gesicht, genau wie der Rest der Gruppe. »Ich hatte das Gefühl, als würde mein Bauch anfangen, sich zu überhitzen. Nur ein ganz klein wenig. Vielleicht habe ich es deswegen bisher nicht gemerkt!«

Elinor leuchtete wieder wie eine Tschernobyl - Kugel. »Ey mein Häschen, jetzt bist du auf dem Weg! Das freut mich so sehr für dich! Es war völlig in Ordnung, dass du zwischendurch stehengeblieben bist und nachgefühlt hast! Das war sogar sehr gut! Versuche, das in Zukunft in deinem Leben anzuwenden und du bist auf der sicheren Seite!«

Strahlend ließ sich Samantha von den Frauen feiern. Tanja gab Erik ein Zeichen, dass er den Trecker aufräumen konnte.


Während der anschließenden Besprechung kamen die Teilnehmerinnen überein, an diesem Nachmittag, der noch einmal mit Sonne und leichtem Wind gesegnet war, entspannt im Schritt am Strand auszureiten statt ohne Sattel in der Halle zu bleiben. Es wurde klargestellt, dass im Zweifelsfalle die ein oder andere zu

Fuß neben dem Pferd herlaufen konnte und auch die Ungeübten nicht überfordert wurden. Dabei hatte Tanja vor allem Mareike im Blick gehabt.

Tatsächlich blieb ausgerechnet Mareike die ganze Zeit während des Ausrittes auf dem Rücken von Lisgast. Tanja dachte erstaunt darüber nach, wie sehr sich dieses Paar - trotz aller Schwankungen von Mareike - verändert hatte. Denn auch die Stute hatte blitzende Augen bekommen und bereits einige Tage zuvor ihre Einzelstellung in der Herde aufgegeben. Stattdessen tummelte sie sich nun in der Nähe von Beauty, Sunny und Marbella, wie Tanja erfreut registriert hatte.

Und Mareike versuchte nach dem Zwischenfall vom Dienstag, ihrerseits nun endgültig den Anschluss an die Gruppe aufrechtzuerhalten.

Nach dem herrlich angenehmen zweistündigen Ritt stellte so manch eine der Frauen fest, dass sie Muskeln im Körper hatte, von deren Existenz sie noch gar nie etwas geahnt hatte...


Statt abends mit den anderen ins Dorf zum Tanz zu gehen, wollte Tanja lieber etwas Stille atmen. Max hatte ihr eine Mitteilung geschickt, dass er heute noch einmal etwas länger arbeiten musste. Deshalb nahm sie ihre Hunde und ging an den Strand hinunter. Sie hatte die kleine Bucht etwas abseits gewählt, zu der ein steiler, steiniger Weg führte. Dafür ließen sich hier nur ganz selten Touristen blicken. Und die Einheimischen kamen ohnehin nie dorthin.

So saß Tanja gedankenversunken auf ihrem Lieblingsfelsen und sah dem lebhaften Wasser zu, das sich schaumsprühend seinen Weg über die glatten, bunten Steine ertanzte. In solchen Momenten hatte sie das Gefühl, gar nicht wirklich denken zu können. Es schien ihr eher ein Treiben von Gedankenfetzen zu sein, völlig unstrukturiert und zerrissen. Stammte daher ihr Hang zu Plänen und Listen? Egal, darüber konnte sie jetzt nicht nachdenken...

Der Wind blies ihr zärtlich die Haare aus der Stirn. Mit einem tiefen Aufseufzen ließ sich Mortimer an ihrer linken Seite zu Boden fallen. Automatisch streckte Tanja die Hand aus, um ihn zu kraulen. Da schob sich schon Charles von der anderen Seite heran, um auch etwas von den Liebkosungen abzubekommen. Tanja wandte sich mit einem Strahlen an die beiden Hunde, die - so schien es ihr fast - zurücklachten. »Was würde ich nur ohne euch beiden anstellen? Ihr bringt mich immer wieder zum Lachen, und wenn es mir nicht gut geht, versucht ihr mich zu trösten.«

Mortimer gab ihr offensichtlich Zustimmung, indem er seine lange Zunge um ihre Hand wickelte und diese hingebungsvoll abschleckte, während Charles sie mit seinen seelenvollen samtbraunen Augen in vollen Zügen anhimmelte.

Tränen traten in Tanjas Augen. Sie dachte daran, wie wunderbar ihr Leben war. Begleitet von solch ergebenen Hunden, die tollen Pferde - allen voran Beauty, ihre kapriziöse Seelengefährtin, die jene spontane Seite auslebte, die Tanja sich unter keinen Umständen gestattete - und natürlich an der Spitze ihr geliebter Max.

Max, der nun ihr zuliebe in seinem Beruf kürzer trat. Der diese Zeit auch dafür nutzen wollte, ihr - zum zweiten Mal nun schon - bei der Realisierung eines noch gar nicht klar erkennbaren Traumes zu helfen, dessen Lockungen aber auch er bereits erlegen war. Sie schüttelte fassungslos den Kopf. Noch vor zehn Tagen hätte sie nicht überlegt, das Konzept ihrer Reiterferien zu verändern. Nun schob selbst ihr nicht reitender Mann sie in diese Richtung, die ihr immer noch, wie sie insgeheim zugeben musste, Angst einflößte. Oder zumindest gewisse Beklemmungen auslöste, da sie nach wie vor nicht genau erkennen konnte, wohin die Reise führte. Und alles, was nicht planbar war, war für Tanja… unkontrollierbar?

Ja, sie war ein Mensch, der sich durch Strukturen und Pläne ein Gerüst baute, das ihr Sicherheit vermitteln sollte. Tatsächlich aber hatte sie schon das ein oder andere Mal erfahren, dass dies nur falscher Schein war. Natürlich hatte sie das erfolgreich immer ausgeblendet - doch ausgerechnet jetzt kamen all diese Begebenheiten in ihrem Kopf wieder an die Oberfläche. So überlegte sie sich, was in dieser Woche geschehen war, dass ihre Welt derart ins Wanken geriet.

Noch mehr aber beschäftigte sie nach einer Weile, ob diese ganzen ungeplanten Übungen ihr nicht wesentlich mehr - und dieses Mal echte - Sicherheit gegeben hatten, als sie bisher erkannt hatte.Vor allem die Entdeckung des Bauchgefühls bei der Traktor-Übung hatte es ihr angetan. Da war etwas, tief in ihr, das nach mehr schrie. Ein lange unterdrücktes Wissen, das ihr eine andere Art von Selbst-Bewusstsein, von Selbst-Sicherheit gab. Tanja lauschte in sich hinein. Sie vergaß die Zeit und ihre Umgebung.

Erst als Mortimer sich aufrappelte und an ihr hochsprang, stellte sie fest, dass es kurz vor dem Dunkelwerden war. Sie hatten noch einen Aufstieg vor sich, der steil und langgezogen vor ihnen lag. Und Mortimer hatte offensichtlich Angst, sein Futter könnte zu spät serviert werden.

Mühsam stemmte sich Tanja auf, warf mit einem Seufzen noch einen letzten Blick auf das nun finster werdende Meer und folgte den bereits ein Stück entfernt miteinander tobenden Hunden auf dem Heimweg.

## DONNERSTAG

Nach der morgendlichen Runde begaben sich die Frauen in die kleine Reithalle. Jeweils einzeln versuchten sie wieder, mit ihren Pferden zu tanzen. Auch dieses Mal gab es keine Hilfsmittel, die Pferde liefen ohne Halfter. Da jede für sich bereits eine Strategie gefunden hatte, wie sie ihr Pferd in Bewegung setzte, konnte das Feintuning nun erheblich verbessert werden.

Selbst der wuchtige Lafayette ließ sich von Elinor zum Traben und später sogar zum Galoppieren überreden. Allerdings hatte Tanja ganz klar den Eindruck, dass er für diese immense Leistung von Elinor einen entsprechend saftigen Gegenlohn im Anschluss versprochen bekommen hatte.

Auch die beiden Mädchen waren schwer außer Atem. Sie hatten sich mit ihren Jungpferden kräftig verausgabt. Ihre Augen aber glänzten.

Mareikes Augen waren ebenso feucht - allerdings mehr vom Weinen. Sie hatte mit Lisgast mittlerweile Grenzen überschritten, die fern von allem lagen, was sie sich je erträumt hatte. Auch Tanja hatte Tränen in den Augen, als sie die beiden von der Tribüne aus beobachtete. Wie würde das Leben für diese ehemals graue Maus nun weitergehen? Könnte sie ihre Fröhlichkeit, ihr neues Selbst-Bewusstsein - nein, eher ihre Selbst-Findung - mühelos mit nach Hause in ihr Alltagsleben transportieren?

Und die anderen? Alleine schon Melanie, Kathrin und Sandra, die eigentlich einen ganz normalen Reiturlaub erwartet hatten und nun von sich aus interessante Eigeninitiativen ergriffen.

Oder Samantha, die so befreit wirkte, dass sie nicht wiedererkennbar war. Von Elinor wußte Tanja, dass die beiden einige Aussprachen gehabt hatten, die anfangs durchaus heftig und konträr ausgefallen waren. Aber nach der Erfahrung mit Sunny und dem dröhnenden Traktor war eine weitere dramatische Wendung eingetreten. Wie eine reife Frucht war Samantha in die offenen Hände der Schamanin gefallen. Der Ton der Gespräche hatte sich geändert. Von anfangs Zorn über Schuldzuweisungen bis hin zur Nachdenklichkeit war der steinige Weg gewesen, den Elinor mit ihr durchwandert hatte. Nach dem Erlebnis mit Sunny aber hatte Samantha begonnen, in anderer Weise selbstbewusst ihre Zukunft zu betrachten. Diese begann immerhin bereits in wenigen Tagen! Tanja wusste, dass Samantha ihr Flugziel geändert hatte.

Als die große Frau es ihr beiläufig erzählt und deshalb einen fragenden Blick von Tanja geerntet hatte, nickte sie energisch und sprach von neuen Lebensperspektiven. Als erstes wollte sie nach dem Wochenende, das sie bei Freunden in Hamburg verbringen würde, einen weiteren Freund aus Jugendtagen aufsuchen, der Rechtsanwalt war. Dass ihre Lebenszeit zu kostbar war, um sie weiterhin mit ihrem Mann zu verbringen, hatte sie bereits bei ihrem Gespräch mit Marbella am Dienstag eingesehen. Nun hatte sie durch Telefonate mit einem dritten Freund erfahren, dass sie in dessen Firma sofort als Assistentin der Geschäftsleitung anfangen konnte. Damit war zwar ein Ortswechsel verbunden, doch das sah Samantha weniger als Problem denn als neue Herausforderung. Dies war wohl einer der Vorteile bei robuster Persönlichkeit. Tanja vernahm das alles mit höchster Zufriedenheit.

Trotzdem wollte sie gerne wissen, wie es bei jeder einzelnen weiterging. Sie trug diese Gedanken wie einen gärenden Wein mit in die Nachbesprechung.

Plötzlich aber fiel es ihr wie Schuppen von den Augen. Sie schloss ebendiese für einen Augenblick, nahm einen tiefen Atemzug, öffnete ihre Augen wieder und sah die Frauen eine nach der anderen bewusst an. Eine erwartungsvolle Stille streckte sich ihr wie ein vielarmiger Oktopus entgegen.

»Mädels, was haltet ihr davon, wenn wir für das nächste Vierteljahr in Kontakt bleiben? Ich meine nicht den persönlichen Einzelkontakt - ich meine als Gruppe.« Fragend blickte sie in die Runde.

Als hätten alle nur darauf gewartet, brach ein Sturm der Begeisterung los.

»Wir könnten eine Konferenzschaltung über Skype einrichten«, piepste Julia.

»Da bricht die Verbindung zu oft zusammen«, kam es von Sandra zurück. »Besser wäre eine Telefonkonferenz.«

»Was ist mit den Kosten?«, wandte Kathrin ganz

pragmatisch ein.

»Die Kosten dafür werde ich übernehmen«, erwiderte Tanja.

Elinor, die glühende Atomkugel, wiegte mal wieder ganz zierlich ihren Kopf. »Wir sollten das aber regelmäßig einplanen. Und es müssen alle dabei sein. Es darf also kein Termin zu diesem Zeitpunkt wichtiger sein!« Mit verschwörerischem Blick in die Runde schweißte diese unglaubliche Frau alle noch fester zusammen.

Fragend wandte sich Diana an Elinor. »Wie oft schlägst du vor?«

»Ich denke, alle vier Wochen. Am besten am ersten Samstag im Monat um sieben Uhr abends. Dauer circa neunzig Minuten. Oder mehr, je nach Gesprächsbedarf.«

Tanja fuhr fort: »Wir sollten auch feste Themen zu diesen Terminen haben. Erst die normale Vorstellungsrunde, wie es uns allen geht, wie wir unsere Erfahrungen bis zum jeweiligen Zeitpunkt in unserem Leben integrieren konnten, wie es mit unseren Pferden vorangeht. Dann eine Art Gedankenanstoß, mit dem wir uns als Hausaufgabe bis zur nächsten Konferenz auseinandersetzen und schließlich dort darüber wieder austauschen.«

Stolz blickte Elinor zu Tanja hinüber, die fast etwas rot wurde vor Freude über ihre spontanen Ideen.

»Eure Telefonnummern und Email-Adressen habe ich ja. Bitte gebt mir aber unbedingt Bescheid, wenn sich dort etwas ändert!« Vielsagend blickte sie Samantha an und hob dann die Runde auf.

Laut diskutierend wandte sich die Gruppe in Richtung Künstlerdorf, um das herrliche Mittagessen zu genießen und die neuesten Entwicklungen zu diskutieren.

Diana stupste Tanja mit dem Ellbogen in die Seite und sah sie bewundernd an. »Wow, das war ja eine klasse Idee! Mal wieder gar nicht geplant, hm?«

Tanja lachte frei und glücklich, als sie den Kopf schüttelte und ihre Haare in alle Richtungen davonflogen, soweit das eben bei einem Pferdeschwanz möglich war. Dann hängte sie sich rechts und links bei Diana und Elinor ein und zog sie hinter den anderen her.

»Glück macht eben doch hungrig«, dachte sie im Stillen, als sie merkte, dass auch ihre beiden Freundinnen merklich ausschritten.


Als Tanja am späten Nachmittag nach Hause ging, stoben die Hunde plötzlich in langen Sätzen davon. Damit wusste sie, dass Max bereits zu Hause war. Und tatsächlich kam er ihr auf den letzten Metern liebevoll lächelnd entgegen.

»Hey, mit dir hätte ich jetzt noch gar nicht gerechnet!« Sprachs und ließ sich von ihrem Mann zärtlich in die Arme nehmen.

Nach einem intensiven Kuss schlang Max einen Arm um ihre Schultern, pfiff die Hunde und steuerte in Richtung Strand. Die Hunde ließen sich nicht lange bitten und schossen miteinander spielend voraus.

»Du strahlst ja schon wieder so. War wohl ein voller Erfolg heute, oder?« Erwartungsvoll blickte der Unternehmer seine Frau an.

»Ja, oder vielleicht eher jein. Denn Stanis hat mir heute nach der Reitstunde gesagt, er möchte nur noch derartige Kurse abhalten. So effektiv und mühelos hätte er noch nie die Leute zum besseren Reiten bekommen. Stell dir das mal vor!« Lachend schüttelte Tanja ihre blonde Mähne, die sie aus dem Griff des Gummis gelöst hatte, mit dem sie ihre Haare immer zum Reiten bändigte.

»Wow! Dass sogar Stanis davon beeindruckt ist... Willst du ihn denn auch mehr integrieren?«

Nachdenklich verzog Tanja ihr Gesicht. »Ich weiß nicht. Ich glaube, wenn es so weiterläuft wie in diesem Kurs, ist sowohl Stanis als auch den beiden Lehrlingen am meisten geholfen. Die Jungs müssen schließlich eine Abschlussprüfung vor erzkonservativen Ausbildern ablegen. Sonst werden sie vielleicht noch als Sissies oder schlimmeres bezeichnet...« Tanja verdrehte die Augen und Max schmunzelte in sich hinein.

»Da hast du wahrscheinlich Recht. Aber selbst wenn ich dir im Hintergrund mit Recherchen helfe und gerne bei der Organisation zur Hand gehe - obwohl du da sicherlich keine Hilfe nötig hast -, könnte deine Personaldecke für weitere Kurse etwas mager ausfallen.«

Tanja blieb stehen. Sie drehte sich zu ihrem Mann, senkte die Augen und musterte konzentriert den sandigen Boden. Endlich blickte sie auf und fragte zögernd: »Was hältst du davon, wenn ich Elinor frage, ob sie bei solchen Kursen als Angestellte teilnehmen möchte? Sie reagiert ganz anders als ich auf die Launen der Kunden. Bei Diana kann ich davon ausgehen, dass sie Feuer und Flamme ist.«

Max wiegte grübelnd den Kopf, den Blick in unbestimmte Fernen gerichtet. Dann fixierte er seine Frau und lächelte. »Nachfragen kostet bekanntlich nichts. Aber das wird dich nicht von der Aufgabe entbinden, selbst Eigeninitiative zu entwickeln und dich fortzubilden. Da nehme ich wie gesagt gerne dir zusammen teil. Immerhin hast du mich kräftig mit deinen Erzählungen und Erlebnissen angefixt. Alles weitere wird sich finden.«

Tanja fiel ihm spontan um den Hals und küsste ihn. Sie setzten ihren Weg fort und Tanja erzählte von der Idee mit der Telefonkonferenz.

Max nickte bedächtig und überlegte laut, ob man nicht zum Abschluss des Vierteljahres nochmals ein Treffen auf der Anlage abhalten sollte. Das musste ja kein ganzer Kurs sein, ein Wochenende wäre doch sicherlich auch schön.

Tanja stutzte, dann strahlte sie über das ganze Gesicht. Was für eine tolle Idee! Hoffentlich konnten sich alle die Anfahrt aus Deutschland leisten…

Bevor sie sich in Gedanken die weiteren Geschehnisse ausmalen konnte, fragte Max alarmiert, wo denn die Hunde abgeblieben wären. Ein schriller Pfiff, dem lange Zeit Stille folgte. Ehe Max ein weiteres Mal pfeifen wollte, raschelte es im Gebüsch und Charles und Mortimer langten an.

»Was hast du da denn schon wieder mitgebracht, du kleiner Racker?« Lachend versuchte Max, Mortimer einen alten Lappen aus dem Maul zu ziehen.

Der hielt jedoch dagegen und zog sein Herrchen einige Schritte in die andere Richtung. Charles hatte sich zu Tanjas Füßen abgelegt und wirkte, als litte er unter Fremdscham. Fehlte nur noch, dass er sich die Pfote über die Augen legte. Stattdessen schielte er sein Frauchen von unten herauf hilflos an.

Tanja musste über das gesamte Szenenbild so lachen, dass sie auf den Boden fiel und prompt hilfreich von Charles abgeschleckt wurde. Nun hatte auch Mortimer seine Chance erkannt. Er ließ den Lappen und damit Max los, der daraufhin ebenfalls zu Boden ging. Fröhlich tobten die Hunde zwischen ihren Menschen herum, die mühsam versuchten, sich der langen rosa Zungen zu erwehren. Endlich gelang es Tanja und Max, sich aufzurappeln. »Hundspack...«

Die Hunde saßen blitzschnell wie Musterschüler am Wegrand und muckten sich nicht. Liebevoll tätschelte Max ihre seidigen Köpfe. Offenbar wirkte dies wie ein Signal an die beiden, da sie sich nun gleichzeitig umdrehten und den Weg hinunterjagten.

Max schüttelte grinsend den Kopf und wandte sich Tanja zu, die gerade Erde von sich klopfte. Er ergriff ihre Hand und zog sie in Richtung Meer.

# FREITAG

Mit einem Seufzen fuhr Tanja aus dem Schlaf hoch. Instinktiv tastete sie mit ihrer Hand nach rechts, wo sie den warmen Körper von Max spürte. Erleichtert ließ sie sich in ihr Kissen zurücksinken. Dabei fiel ihr schlagartig ein, was sie gestern noch besprochen hatten: Max würde heute spontan freinehmen und wollte, ohne dass die Kursteilnehmerinnen davon wussten, Videos vom heutigen letzten Tag drehen und zusammenschneiden. Zuerst das Tanzen, dann das Reiten. Die Teilnehmer sollten die Videos auf DVD gebrannt als Geschenk zum Abschied am Samstag Morgen erhalten. Diesen Vorgang nicht anzukündigen, sondern mit der ohnehin fest installierten Kamera aufzunehmen, sicherte die Unbeschwertheit der Darbietungen.

Tanja merkte, wie hunderte von Ameisen in ihrem Bauch vor Vorfreude und Aufregung eine lange, lange Wanderung begannen. Ein Blick auf den Wecker verriet ihr, dass es gerade einmal fünf Uhr war. Eigentlich zu früh zum Aufstehen, draußen ließ sich erst ein zarter heller Streifen am Horizont erblicken.

Aber zum Liegenbleiben war Tanja schon viel zu wach. Und viel zu aufgeregt. Heute würde die Quintessenz dieser ungewöhnlichen zwölf Tage sichtbar werden. Ob es wohl den anderen auch so ging?

Mit energischem Schwung warf Tanja die Bettdecke zur Seite und sprang förmlich von der Matratze. Ein Grummeln und lautes Aufschnarchen von Max antworteten ihr.

Leise ging sie in das angrenzende Badezimmer und nahm erst einmal eine heiße Dusche. Als sie sich fertig angezogen hatte, lief sie leichtfüßig die Treppe hinunter. Dort warteten schon die Hunde, die sich freudig an ihr rieben. Mortimer versuchte einmal mehr, an ihr hochzuspringen, als sie nicht aufpasste, und handelte sich prompt Schelte ein. Nicht zu laut, da Max ja weiterschlafen sollte. Tanja schien es, als wüßte Mortimer genau davon, und als würde er sie nun lausbubenhaft angrinsen.

Nach einem starken Latte macchiato, auf den sie reichlich aromatischen Zimt gestreut hatte, und der Einnahme ihrer mittlerweile hervorragend wirkenden Schüssler-Salze ließ sie die Hunde in den Garten hinaus. Dann kochte sie sich noch einen Tee und nahm ihn mit auf die Terrasse. Zwischenzeitlich hatte sich der Himmel blutrot verfärbt und bald schon würde die Sonne aufgehen.

Morgenrot - schlecht Wetterbot... Tanja seufzte, dachte aber auch daran, dass der Kurs ohnehin nahezu vorbei war, und dass außerdem die Natur den Regen jetzt dringend benötigte.

Dann nahm sie sich ein Blatt Papier und brachte die verschiedenen Gedanken in Reihenfolge. Sie wollte unbedingt noch einige Fragen mit Elinor klären, die bisher noch nichts von ihrem neuen Job ahnte.

Meinte Tanja.

Anschließend warf sie einen Blick auf ihre Uhr, stellte

fest, dass es ein angemessener Zeitpunkt war und ging nach oben, um ihren Mann zu wecken. Offensichtlich war auch er schon von einer gewissen Aufregung erfüllt, denn statt des üblichen Ringkampfes um die Decke, die Tanja ihm wegzuziehen versuchte, griff er nach ihrem Arm, zog sie zu sich hinunter und küsste sie hingebungsvoll. Bevor Tanja jedoch protestieren konnte, schob er sie schon wieder beiseite und stand ähnlich energisch auf wie sie einige Zeit zuvor. Als Max im Bad verschwand, verabschiedete sie sich, pfiff im Garten die Hunde und lief hinüber zum Künstlerdorf.

Bei Elinor sah sie wie vermutet bereits Licht. Als sie um die Ecke bog, bemerkte sie, dass diese sogar schon entspannt auf ihrer Terrasse saß und sich einen kleinen Kaffee genehmigte. Sie schien nicht besonders erstaunt, Tanja um diese Zeit hier zu sehen.

»Guten Morgen! Na, auch schon wach?« Die kehlige Stimme vibrierte vor Vorfreude.

Tanja nickte und ließ sich auf den einladend hingerückten Stuhl fallen. »Ja, ich bin viel zu aufgeregt, um noch ruhig liegen zu können. Hattest du eine gute Nacht?«

»Ey freilich, Häschen, mir geht es bestens. Und ich bin nicht halb so zappelig wie du.« Zufrieden wiegte sie ihren schweren Körper. »Das einzige, was mir wirklich zu schaffen macht, ist der baldige Verlust von eurer tollen Küche und von Lafayette. Ja, und natürlich von euch allen hier.«

Tanja schien es, als blicke Elinor sie nun höchst erwartungsvoll an. Was für eine Vorlage!

Prompt stieg sie darauf ein. »Elinor, ich habe lange überlegt und mit meinem Mann viele Stunden darüber gesprochen. Wir wollen gerne diese Kurse ausbauen, sind auch bereit, entsprechende Schulungen gemeinsam zu besuchen. Aber wir brauchen trotzdem jemanden, mit dem wir jetzt weiterarbeiten können. Eine erfahrene Persönlichkeit. So wie du.«

Aufmerksam blickten sich die beiden verschiedenen Frauen in die Augen.

»Kurz: Hiermit mache ich dir ein Jobangebot. Das Finanzielle können wir gerne entsprechend klären. Du könntest weiterhin Elviras gute Küche genießen, hättest Lafayette zur freien Verfügung und uns um dich herum - eigentlich eine klassische Win-Win-Situation!«

Zufrieden lehnte Elinor sich zurück. »Das hört sich gut an. Eigentlich eher überzeugend. Aber willst du mich dann zu jedem Kurs einfliegen? Mit meinem Mann kläre ich das schon, der ist nach 27 Ehejahren gelegentlich ganz froh, wenn ich außer Haus bin.« Kehlig lachend deutete sie das ein oder andere Bier an, das sie pantomimisch hob und austrank.

»Ja, das ist durchaus eine Möglichkeit. Am Anfang werden wir das nicht bei jedem Kurs integrieren, aber ich möchte gleich am Wochenende meine Angebote auf der Website entsprechend überarbeiten. Wir können dann auch die Termine abstimmen.« Fragend neigte Tanja den Kopf, dann schlug Elinor ihr zustimmend auf den Arm, während sie aufgeregt nickte und schon wieder so verdächtig strahlte.

Kurz stutzte Tanja, dann konnte sie die Frage nicht mehr aufhalten - sie war ihr wie von selbst über die Zunge geschlüpft: »Sag mal - hattest du das am Anfang des Kurses etwa schon vorausgesehen?«

Ups, fast hätte sie sich auf die Zunge gebissen.

Doch Elinor lachte nach einem kurzen Zurückzucken auf. »Nein Häschen, selbst ich kann nicht in die Zukunft sehen. Wenn ich allerdings an Lafayette und den Spielplatz und meine Hose denke - da lohnt es sich doch eventuell noch hineinzuinvestieren. Bei dem königlichen Gehalt, das ich jetzt von dir bekomme...«

Schelmisch zwinkerte Elinor Tanja zu, die erst einmal einen tiefen Atemzug nehmen musste, bevor sie begriff und in das schallende Gelächter ihrer neuen Angestellten einstimmte.

›Ende gut, alles gut‹, dachte sich Tanja und ließ sich dankend einen Kaffee von Elinor einschenken. Erleichtert lehnte sie sich zurück. Eine ganz wichtige Frage war damit bereits geklärt worden.

Die nächste offene Frage wurde ihr unvorhergesehenerweise einige Minuten später beantwortet. Auf ihrem Weg durch das Künstlerdorf lief ihr Alessandro entgegen. Als er sie sah, winkte ihr der Küchenjunge zu. Mit strahlendem Lächeln versicherte er Tanja auf ihre Frage, wie es ihm denn mittlerweile gehe, dass er auf dem besten Wege der Genesung sei. Stolz zeigte er seine Finger und Tanja bewunderte die bereits verblassenden Narben.

Dann platzte er heraus: »Tanja, stellen Sie sich vor. Ich habe einen Ausbildungsplatz gefunden!«

Mit großen Augen musterte die Chefin den Jungen.

»Si, si, wirklich. Ich habe mit meiner Mamma gesprochen und wir haben folgendes vereinbart. Ich absolviere eine Lehre im Ristorante in der Stadt, da kann ich jeden Tag mit dem Mofa hinfahren. Wenn es mir am Ende immer noch gefällt, darf ich mir eine andere Anstellung suchen.« Er legte eine Kunstpause ein, um die Spannung gekonnt zu steigern. Zu guter Letzt erlöste er sie mit den Worten: »Egal wo!«

Aufgeregt wartete er einen langen Augenblick auf ihre Reaktion.

»Wow!«, antwortete Tanja da nur noch. Eine tolle Lösung. Für alle. Naja. Vielleicht nicht ganz so toll für Elvira. Aber dafür hatte deren Freundin den Sohn in der Nähe. Und für Elvira würden sie schnell wieder eine Küchenhilfe finden. Vermutlich wußte diese sogar schon, wen sie ihrer Chefin vorschlagen würde.

Erleichtert und voller Freude umarmte Tanja den Gehilfen. Wer hätte das zu hoffen gewagt… und das am frühen Morgen! Vergnügt wandte sich Tanja in Richtung Herrenhaus und pfiff die Hunde, um Max all diese neuen Entwicklungen zu erzählen.

Das Frühstück fiel ziemlich kurz aus. Zum einen, weil sowohl Tanja als auch Max sehr aufgeregt waren, zum anderen, weil letzterer noch eine ganze Menge vorzubereiten hatte.

Tanja dagegen wusste die Musik-CDs an ihrem Platz. Die Frauen hatten bereits gestern Mittag eine Liste ausgefüllt, zu welchen Stücken sie ihren Tanz darbieten wollten. Deshalb beschloss sie nach einem prüfenden Blick auf ihre Uhr, noch schnell Askari zu reiten, die oft genug zu kurz kam.

Sie verabschiedete sich mit einem Kuss von ihrem Mann, trat durch die Hintertür in den Garten und hüpfte mehr, als dass sie ging, in den Stall hinüber.

Dieses Mal wartete Beauty bereits auf sie. Tanja vertröstete ihren Liebling auf später, versprach ihr eine ganz besondere Abwechslung und sattelte die Dunkelfuchsstute Askari.

Stanis war bereits mit einem anderen Pferd auf dem Viereck und gab dem Paar gelegentlich eine Hilfestellung durch seine knappen und präzisen Kommentare.

Nach dem Abduschen und Füttern der Stute holte sich Tanja eine heiße Schokolade aus der Kaffeemaschine in der Sattelkammer, die sie auf der Stallgasse sitzend in Ruhe trank.

Plötzlich öffnete sich die Türe und Diana schob sich herein. Fröhlich begrüßten sich die Freundinnen. Diana machte sich einen Milchkaffee, dann gesellte sie sich zu Tanja auf die bequeme Bank.

»Na du aufgeregtes Huhn, wie gehts dir jetzt?« Dianas große braune Augen musterten sie.

»Das aufgeregte Huhn gebe ich gerne zurück. Du bist ja fast weiß um die Nasenspitze!«, stellte Tanja ihrerseits grinsend fest.

»Ach, ich komm schon klar. Patsy ist in einer der leeren Boxen im Schulstall. Ich wollte ihr noch etwas Ruhe gönnen, bevor die Tanzerei losgeht. Übrigens ist drüben auch schon die Hölle los. Die Mädels putzen und schrubben ihre Pferde, als wollten sie auf eine Meisterschaft fahren. Fehlt nur noch, dass sie sie einflechten…«

Da erstarrte Tanja mitten im Trinken, sprang wie ein gespannter Flitzebogen auf, raste in die Sattelkammer. Eine Weile hörte man nur wildes Kruschteln, begleitet von dem ein oder anderen Fluch. Schließlich tauchte sie mit hochrotem Kopf wieder in der Türe auf. In der rechten Hand hielt sie wie eine kostbare Trophäe ein rotes Bündel, das Diana beim Näherkommen als ein zweifingerdickes Seidenband identifizierte. In der anderen befand sich der Kasten, der Gummis und alle möglichen Utensilien zum Einflechten der Pferdemähnen enthielt.

»Du willst doch nicht etwa...«

Tanja nickte energisch mit dem Kopf und strebte der ersten Box entgegen. Über ihre Schulter warf sie Diana die Frage zu, ob sie auch noch Band oder sonstiges Material brauche. Die Kiste mit Bändern stehe in der Sattelkammer vor dem Schrank, unübersehbar.

Die Freundin seufzte, hob die Schultern, warf einen bedauernden Blick in ihre Tasse und nahm noch einen großen Schluck, bevor sie sich aufraffte, um ihrerseits Patsy schick herzurichten.

Pünktlich um zehn Uhr fanden sich alle auf der Tribüne ein. Um genauer zu sein: pünktlich um zehn Uhr herrschte erwartungsfrohe und spannungsgeladene Stille.

Peter wartete am Halleneingang mit Beauty, die heute ihrem Namen alle Ehre erwies. Sie glänzte, als ob ihr schwarzes Fell mit einer Speckschwarte behandelt worden war. Kein Staubkörnchen trübte die vollkommene Schönheit. Die Hufe wirkten wie lackiert, der Schweif duftete und war luftig, das rote Seidenband durchzog die geflochtene Mähne. Dazu passend trug die Stute ein schweres, rotes Halfter mit goldglänzenden Messingbeschlägen. Eine einzige Pracht!

Wäre Tanja nicht so aufgeregt gewesen, sie wäre geplatzt vor Stolz! Sie selbst hatte sich noch kurzentschlossen umgezogen: Schwarze Bluse mit rotem Muster, dazu einen langen, schwebenden Rock und schwarze Stiefeletten. Die Haare waren zu einem Dutt am Nacken zusammengefasst und mit roten Band umwickelt. Diana musterte sie voller Freude, Max in seinem Raum verborgen mit feuriger Hingabe über den Monitor.

»Guten Morgen meine Lieben! Heute haben wir uns, wie ich sehe, alle richtig in Schale geworfen, um einen Höhepunkt zu erleben: Tanzen mit den Pferden. Bevor wir uns in dieses Abenteuer stürzen, werden wir wie immer eine Meditation abhalten, um uns zu erden. Wir wollen schließlich nur Funken schlagen, und keinen Großbrand entfachen!«

Nervöses Kichern reihum. Die Frauen musterten sich

gegenseitig. Tatsächlich, jede war auf ihre Weise schick hergerichtet. Alle hatten sich nach dem Putzen der Pferde noch umgezogen und geschminkt. Eine wirkte adretter als die andere. Tanja sah den sehnsuchtsvollen Blick, den Peter immer wieder zu Julia und Andrea hinüberwarf.

Sie bat die Teilnehmerinnen, sich im Kreis aufzustellen, die Augen zu schließen, drei tiefe Atemzüge zu nehmen und jeweils beim Ausatmen alles loszulassen, was bisher von Belang gewesen war. Schnell wich die Spannung einer tiefen Erdung. Nach einer Weile bat Tanja, die Augen wieder zu öffnen. Sie erklärte nochmals in Kurzform, wie das Tanzen ablaufen würde. Am Eingang zur Halle wollte Elinor jede einzeln einstimmen, dann würden Pferd und Frau in die Halle gehen. Tanja oder Diana würden die gewünschte CD abspielen. Erst wenn die Tänzerin ein Zeichen gab, würde die Musik gestoppt werden.

Als Tanja vor Elinor stand, traten ihr schlagartig die Tränen in die Augen. Ein unglaublich wertvolles Gefühl überschwemmte sie. Mit tiefen Atemzügen ließ sie sich von Elinor durch die Zeremonie führen, dann betrat sie mit Peter und Beauty die Bahn. Der Auszubildende nahm das Halfter ab und verschwand durch die Tür. Währenddessen startete Diana die Musik. Sanft ergossen sich klassische Melodien über dem Raum.

Und Tanja und Beauty begannen zu tanzen... losgelöst von Raum und Zeit, schweben, schwere- und gedankenlos. Zwei Wesen in nie gekannter Einheit.

Als Tanja bei einem ruhigen Stück zum Ende fand, ging ein Raunen durch die Frauen. Manch eine stöhnte leise auf. Die strahlenden Augen von Tanja brauchten keine Worte.

Stattdessen drückte sie Dianas Arm, die sich nun auf den Weg zu Elinor machte.

Der Vormittag verging wie im Fluge. Die ein oder andere der Teilnehmerinnen weinte nach ihrem eigenen Tanz, Taschentücher waren sehr gefragt. Etwas Mystisches lag über der Reithalle.

Selbst der schwere Lafayette, für den Elinor Ungarische Tänze herausgesucht hatte, versprühte Eleganz und Ganggewaltigkeit. Erik, der für den Riesen verantwortlich war, traten fast die Augen aus den Höhlen, als er den Wallach so schweben sah.

Tanja bemerkte dies mit Genugtuung.

Heute Mittag gab es nichts zu besprechen. Es war alles nur noch Gefühl. Die Frauen schwammen darin wie in warmer Milch mit Honig.

Stattdessen kündigte Diana an, nach dem Mittagessen würde die Ausstellung der in den vergangenen zehn Tagen entstandenen Werke der Teilnehmerinnen eröffnet. Dies wurde wohlwollend aufgenommen.

Während die Frauen zum Künstlerdorf strömten, huschte Tanja zu Max in den Raum. Dieser saß sehr zufrieden vor seinem Monitor und hatte bereits mit dem Schneiden und Bearbeiten der Videos begonnen. Als seine Frau eintrat, wurde seine Miene zärtlich.

Strahlend nahm er sie in die Arme und zog sie auf seinen Schoß.

»Das war der Hammer! Ich bin so was von stolz auf dich! Ich habe wirklich die sensationellste Frau der Welt! Nicht nur dein eigener Tanz - der war der Wahnsinn. Aber auch die anderen - wie du es geschafft hast, dass diese Frauen aus ihrem Sicherheitsbereich in eine große, weite, unbekannte Welt treten - ich ziehe den Hut vor dir! Chapeau!«

Er küsste sie zärtlich auf den Mund.

»Danke sehr! Das ist total lieb von dir! - Du hast ja schon angefangen! Klasse! Und? Wie ist es geworden?«

Glücklich drehte sich Tanja nach einem Blick auf den Bildschirm zu ihrem geliebten Mann um, der sie prompt nochmals an sich zog und einen langen Kuss als zärtliche Belohnung erhielt.

»Wenn ich von solchen süßen Versuchungen wie dir verschont bleibe und denn mal weiterarbeiten kann, werde ich es wohl bis heute Abend schaffen. Letzten Endes ist es nur ein Zerschneiden, so dass jede ihren Tanz erhält. Etwas mehr Bauchschmerzen verschafft mir da das Reiten heute Nachmittag. Aber das kriege ich auch noch hin.«

Tanja musterte ihn mit gefurchter Stirn. »Meinst du nicht, dass du einfach die gesamte Stunde dazu legen kannst? Ich würde da gar nicht groß schneiden. Oder hast du Angst, eine andere Teilnehmerin könnte etwas dagegen haben?«

»Ja, ich dachte an die Persönlichkeitsrechte. Aber

wahrscheinlich hast du Recht. Und offen filmen kann ich nicht, dann reitet keine mehr vernünftig. Das habe ich schließlich mittlerweile von dir und auch von den Männern gelernt. Umsonst sind die Kameras nicht ständig angeschlossen und aktivierbar.«

Tanja nickte und dachte einmal mehr, dass das ein sehr kluger Schachzug gewesen war. Sie wollte gerne ihre Ritte auf Video haben, damit sie sich selbst auch sehen und korrigieren konnte. Für die Lehrlinge war es ebenfalls ein höchst hilfreiches Mittel, und sogar Stanis nutzte die Filme immer wieder gerne. Vor allem, wenn es mal nicht ganz so gut beim Reiten gelaufen war... Er hatte sich angewöhnt, die Kameras, die in beiden Hallen, am Viereck und am Springplatz montiert waren, morgens per Bewegungsmelder zu aktivieren und bei Bedarf zu Rate zu ziehen.

Da fiel Tanja etwas ein. »Vom Dienstag müsste noch ein Video auf dem Dressurviereck sein. Ich bin abends Beauty geritten und es war traumhaft. Den Film muss ich unbedingt noch raussuchen und aufheben.«

Schnell griff sie sich einen Zettel, notierte die Daten und legte ihn zum Hauptcomputer.

»So. Erledigt. Kommst du mit mir zum Künstlerdorf, einen Happen essen?«

Zögernd legte Max den Kopf in den Nacken, überlegte und schüttelte dann entschlossen den Kopf. »Nein, ich möchte erst alles hier fertig haben. Bei Technik kann immer irgend etwas schiefgehen, und dann will ich genügend Zeitreserven haben. Geh du ruhig und lass es dir schmecken! Aber - erst noch einen Kuss!«

Liebevoll verabschiedeten sie sich. Max konnte sich nicht verkneifen, ihr beim Umdrehen noch kurz auf den Hintern zu klatschen. Tanja zog ihm eine krause Nase, schüttelte lachend ihren Kopf und lief aus dem Raum. Im Stillen beschloss sie, Alessandro mit einem Tablett voller Leckereien in den Stall zu schicken, damit ihr Liebster auch etwas zu essen bekam.

Nach dem Mittagessen zogen die Frauen hinüber in die Ausstellung, die sich nebenan im Seminarraum befand. Dort bewunderten sie gebührend die entstandenen Arbeiten und sprachen den Künstlerinnen Mut zum Weitermalen zu.

Der Nachmittag mit dem letzten Reiten verlief in euphorischer Stimmung. Die Teilnehmerinnen hatten sich auch für das Reiten herausgeputzt, die Pferde nochmals aufgehübscht, und Sättel und Trensen glänzten mit dem Fell der Tiere um die Wette.

Max war während der Pause bereits mit dem Schneiden der einzelnen Tänze fertig geworden und hatte die jeweiligen Dateien auf dem Desktop in separate Ordner abgelegt. So brauchte er nur noch je einen Film vom Reiten dazufügen und das Ganze auf DVD brennen. Vergnügt nahm er seine Frau in den Arm, als sie ihn vor der ersten Reitstunde besuchte, und bedankte sich mit einem innigen Kuss für die vorbeigeschickten Panini mit Prosciutto crudo und die Salate, die er bereits mit Genuss vernichtet hatte.

So ging ihm die nun folgende Arbeit leicht von der Hand. Er hatte die DVDs bereits fertig, während die zweite Gruppe noch ihre Pferde mit Wasser abspritzte und versorgte.

Tanja holte ihn anschließend ab. Händchenhaltend schlenderten sie mit den Hunden hinüber ins Herrenhaus. Marianna war heute im Künstlerdorf zur Unterstützung ihrer Freundin Elvira beschäftigt, da noch das große Abschiedsessen bevorstand. Tanja und Max nahmen daran immer gemeinsam teil, falls er zu dem Termin nicht gerade geschäftlich unterwegs war.

Allerdings beschlossen die beiden unterwegs spontan, statt auszuruhen noch einen längeren Spaziergang mit den Hunden zu unternehmen. Max merkte nämlich an, dass er den ganzen Tag in einem geschlossenen Raum verbracht hätte und dringend frische Luft bräuchte.

Tanja hatte nichts dagegen einzuwenden und die Hunde waren sowieso begeistert. Außerdem schien das Wetter nicht mehr lange trocken zu bleiben.

Deshalb meinte Tanja mit besorgtem Blick in den Himmel: »Sollten wir nachher nicht lieber mit dem Auto ins Künstlerdorf fahren? Ich habe das Gefühl, da kommt ein Gewitter auf uns zu.«

Max legte den Kopf in den Nacken, verzog sein Gesicht und stimmte zu. Über den Bergen formierten sich erste dunkle Wolken.

Als sie das Haus kurz vor sieben Uhr verließen, prickelte die Luft bereits. Die Anzahl der Wolken hatte sich vergrößert und herangeschoben und ein violetter Ton hatte sich in die Farbe eingeschlichen.

Ihrer Fröhlichkeit tat das drohende Wetter jedoch keinen Abbruch. Als sie den bereits festlich vorbereiteten Speisesaal betraten, blieb nur noch Platz für pure Lebenslust.

Der Raum füllte sich schnell mit den kichernden und aufgeregt schwatzenden Frauen.

Die Tische waren zu einem Viereck zusammengerückt worden, an dem sich alle nun verteilten. An der Stirnseite saßen Tanja und Max, eskortiert von Diana, die dieses Mal, dem Wetter geschuldet, dem alten Fiat statt ihrer geliebten Vespa den Vorzug gegeben hatte.

Gegenüber fand sich an üblicher Stelle Stanis mit den beiden Lehrlingen ein. An den Längsseiten suchten sich die acht Teilnehmerinnen ihre Plätze.

Nachdem die Getränke serviert worden waren, schlug Tanja mit dem Löffel gegen ihr Glas. Sofort verstummten die Gespräche und alle Augen richteten sich erwartungsvoll auf sie.

»Ich begrüße euch alle ganz herzlich zu unserem letzten Abend, der schneller herangekommen ist, als wir das erwartet hatten! Die Zeit mit euch auf diesem außergewöhnlichen Lehrgang ist so rasch verflossen, wie ich es bisher nicht erlebt habe. Für diese Zeit möchte ich mich bei euch allen bedanken! Aber auch bei unserem Stanis, bei Erik und Peter, bei Diana und bei unserem gesamten Personal, das solche Urlaube erst ermöglicht. Und letztendlich natürlich auch bei den Hauptakteuren, unseren Pferden! Ich hoffe, wir konnten euch neue Einblicke schenken und Ideen mitgeben, die euch in Zukunft hilfreich sind! Ganz herzlichen Dank auch an Elinor, die in diesem Kurs einige Änderungen bestens mitbetreut hat. Bei dieser Gelegenheit darf ich euch verraten, dass wir Elinor in Zukunft hier bei weiteren derartigen Kursen als Angestellte begrüßen dürfen!«

Leises Gemurmel und lautes Klatschen erhob sich, Glückwünsche wurden der dicken Frau zuteil, die diese huldvoll entgegennahm.

Tanja räusperte sich und es senkte sich wieder Stille über den Raum.

»Wir hatten ja bereits besprochen, dass wir per Konferenzschaltung weiter in Kontakt bleiben wollen. Statt des dritten Telefonats gäbe es die Option, ein verlängertes Wochenende hier zu verbringen, also Anreise Freitag Vormittag, Abreise Sonntag Nachmittag. Was haltet ihr davon?«

Sofort strahlten die Gesichter der Frauen auf und eifriges Diskutieren erhob sich.

Schließlich klopfte Tanja wieder gegen ihr Glas und blickte in die erhitzten Gesichter reihum. »Wollen wir eine Abstimmung machen? Wer dafür ist, hebt die Hand.«

Alle Hände schossen spontan in die Höhe.

»Eine Gegenabstimmung ist also überflüssig«, stellte

Diana zufrieden fest.

»Gut«, nickte Tanja, »dann müssen wir den Termin nur noch so legen, dass auch Julia und Andrea keine Probleme wegen der Schule bekommen.« Sie blickte zu den beiden Mädels hinüber, die ihrerseits heftig Zustimmung signalisierten.

»Das freut uns natürlich sehr! Wir werden Freitag nach dem Mittagessen zunächst zwanglos zusammensitzen und bereits um vierzehn Uhr mit der Meditation beginnen. Es schließt sich die bekannte Gesprächsrunde an, bei der wir ein Resümee der letzten Monate ziehen und unsere zukünftigen Pläne darlegen. Dann werden wir diese Vorstellungen mit den Pferden besprechen. Allerdings bekommt jede ein anderes Pferd zugeteilt, damit ihr offen und ohne Erwartung in diese Begegnung gehen könnt. Am nächsten Tag treffen wir uns wie gewohnt um neun Uhr zur Bodenarbeit, nach dem Mittagessen reitet ihr, Samstag Abend feiern wir - eventuell auch wieder mit den Pferden - und Sonntag Vormittag gibt es noch einmal Bodenarbeit oder Reiten, das entscheiden wir dann an jenem Samstag.«

Tanja blickte prüfend in die Runde, die Frauen nickten aufgeregt. »Prima! Dann bleibt mir nur noch eines: haut rein, lasst es euch schmecken und uns den letzten Abend hier ausgiebig genießen!«

Damit hob Tanja ihr Glas mit Prosecco, die anderen taten es ihr mit Trinksprüchen verschiedenster Art nach.

Als sie sich wieder gesetzt hatte, trat unvermutet erneut Stille ein. Ein Stuhl knirschte über den Boden, als Samantha sich erhob.

»Liebe Tanja, liebe Diana, lieber Stanis, Erik und Peter! Im Namen unserer Gruppe möchte ich mich bei euch für eure Geduld - die manchmal und in bestimmten Fällen schier unendlich war -«, leises Gekicher erhob sich im Hintergrund, Elinor dagegen prustete lauthals los, »ganz herzlich bedanken. Wir durften hier einen so intensiven und herrlichen Urlaub verbringen, jede Menge Neues lernen, Grenzen überschreiten - und haben uns doch immer sicher und geborgen gefühlt. Selbst in schlimmen Grenzsituationen hatte hier niemand das Gefühl, allein oder schuldig zu sein.«

Ihr Blick streifte Mareike, die ihr kaum merklich zunickte. »Das alles ist für uns natürlich außergewöhnlich und wir wollten uns auf unsere Weise bedanken.«

Alle acht Teilnehmerinnen standen auf und intonierten gemeinsam ein ›Hoch solln sie leben!‹.

Tanja, Diana und die Männer lachten amüsiert und geschmeichelt. Dann zauberte Samantha plötzlich unter dem Tisch einen Packen hervor, der in Geschenkpapier und Band gewickelt war. Sie entnahm ihm einzelne bunte Päckchen in gleicher Größe, fünf an der Zahl, und übergab sie an Tanja, Diana, Stanis und die beiden Lehrlinge.

Überrascht rissen alle ihre Geschenke auf - jeder hatte eine ordentlich gerahmte Fotografie von sich in den Händen. Die beiden Lehrlinge waren gemeinsam aufgenommen worden, als sie zusammenstanden und vor der Halle auf das Ende des Reitunterrichts warteten. Stanis ritt gerade einen jungen Braunen, Diana malte auf der Koppel mit ihren Schülerinnen und Tanja kam mit Beauty von einem Ausritt zurück. Lauter schöne Fotos in perfekter Qualität!

Die Beschenkten strahlten von einem Ohr zum anderen und noch darüber hinaus.

»Was für ein toller Einfall!«, platzte Diana heraus und hob das Foto bewundernd zu Tanja hinüber, die ebenfalls über den Winkel des Lichtes und die damit verbundenen Effekte staunte.

Beide Frauen blickten zu den Männern auf der anderen Seite des Tisches, die ihre Bilder strahlend in die Höhe hielten, und waren auch hier begeistert. Alle Fotos wirkten sehr professionell.

»Wer hat diese sensationellen Bilder denn geschossen?«, wollte Diana wissen.

Natürlich hatten immer wieder Teilnehmerinnen fotografiert, das war ganz normal im Zeitalter von Smartphones und Digitalkameras.

Fragend ließ sie ihren Blick über die Frauen wandern. Bei Mareike stutzte sie plötzlich. Diese rutschte rot vor Freude auf ihrem Stuhl hin und her.

Elinor musterte sie wohlwollend und tätschelte ihre Schulter. »Stille Wasser sind einfach tief, nicht wahr?«, säuselte sie zu niemand bestimmtem und wiegte mal wieder ganz zierlich ihren Kopf.

»Mareike, wenn du wirklich diese grandiosen Fotos geknipst hast, dann kann ich dir eine tolle Karriere als

Fotografin zusagen! Vergiss deinen ganzen Buchhalter-kram!« Diana sprang auf und lief zu Mareike, um sie dankbar zu umarmen.

»Liebe Leute, ihr habt uns jetzt fast in die Krise ge-stürzt! Das ist eine unglaublich tolle Überraschung! Vielen, vielen Dank!« Tanja traten vor Freude Tränen in die Augen.

Umso glücklicher war sie nun über den Vorschlag ihres Mannes, die Videos zu drehen! Sie wandte sich strahlend zu ihm um, er nahm ihre Hand und drückte diese ganz fest. Es würde doch einiges an Selbstbeherr-schung kosten, nichts von den DVDs preiszugeben und sie erst morgen zu verteilen.

Marianna steckte ihren Kopf zur Tür herein und sah Tanja fragend an. Diese nickte in ihre Richtung, klatsch-te in die Hände und rief in den ausgelassenen Tumult hinein: »Mahlzeit! Lasst es euch schmecken!«

Und das taten sie denn auch, als Marianna, Elvira und Alessandro die ersten Vorspeisen hereintrugen. Es wurde ein langer, fröhlicher und stimmungsvoller Abend, in den in den späteren Stunden das Grummeln des Gewitters und das Prasseln des Regens hineintönte.

## SAMSTAG

Am nächsten Morgen schlief Tanja etwas länger. Zum einen, weil die Feier noch bis weit nach Mitternacht angedauert hatte, zum anderen, weil sie ab heute Mittag genügend Zeit für ihre Pferde hatte. Als sie sich zu Max herumdrehte, betrachtete sie eine Weile zufrieden sein Gesicht. Plötzlich schlug er die Augen auf, und sie blickte in tiefblaue Seen. Zärtlich strich sie mit ihren Fingern über seine dunkelblonden Brauen. Er zwinkerte, umgriff ihre Finger und küsste ihre Handflächen. Dann liebkoste er das Gesicht seiner Frau, und leise lächelnd begannen sie, sich hingebungsvoll zu lieben.

Als sie unten das Schlagen der Haustür und dann das Klappern von Geschirr hörten, gingen sie gemeinsam ins Bad und richteten sich für den Tag.

Nach einem eher kargen Mahl, die Mägen waren noch vom Vorabend überlastet, liefen sie eine Runde mit den Hunden, dann warf Tanja einen Blick auf die Uhr.

»Ich denke, allmählich können wir in den Stall gehen.«

»Ich denke, allmählich kannst du in den Stall gehen.«

Erstaunt blickte Tanja Max an. »Willst du denn nicht mitkommen? Du hast doch die Arbeit mit dem Schneiden auf dich genommen. Und es war deine Idee. Dann solltest du auch die Videos übergeben.«

»Die Mädels haben sich so für dich ins Zeug gelegt.

Wenn du ihnen das Ergebnis dieser Arbeit überreichst, brauche ich nicht dabei sein. Ich bin nicht Teil der Gruppe, auch wenn ich gestern beim Festessen dabei war. Glaub mir, für euch alle ist es besser, wenn ich beim Abschied nicht anwesend bin.«

Insgeheim musste Tanja ihrem Mann recht geben. Einmal mehr freute sie sich, einen so klugen Menschen an ihrer Seite zu haben.

»Wahrscheinlich stimmt es, was du da sagst. Nichtsdestotrotz wird es Zeit für mich zu gehen.«

»Hast du auch genügend Taschentücher dabei?«, fragte Max mit einem Augenzwinkern.

»Ah, du meinst, dass es mir dieses Mal ganz besonders unter die Haut geht?« Nachdenklich wandte sie sich ab. »Vermutlich hast du Recht. Dieser Kurs war ein unglaubliches Erlebnis und das erste Mal ist immer etwas Besonderes. Egal, welche Kurse nun folgen - dieser wird in meinem Herzen bleiben. Auch die Menschen. Wenn ich darüber nachdenke, was sich bereits geändert hat, bin ich mehr als neugierig darauf, was sich noch so alles ergeben wird. Bei den Mädels, bei uns…«

Ihr Blick, der in die graue Ferne gerichtet war, kehrte zu den Augen ihres Mannes zurück, der sie milde anlächelte und zärtlich in den Arm nahm.

»Viel Spaß, mein Schatz, und - du brauchst heute keine Haltung wahren!«

Tanja zog bei diesen Worten überrascht die Augenbrauen hoch, dann pfiff sie die Hunde zu sich und spazierte hinüber in den Stall.

Wie sehr der letzte Satz ihres Mannes sich bewahrheitete, hätte sie sich nicht vorstellen können. Nach der Meditation und der Gesprächsrunde führte jede Frau ihre Gedanken bezüglich ihrer Zukunft aus und zog dann noch zwei Karten aus einem Set mit Heiltieren, das Elinor dabei hatte. Die Schamanin unterwarf sich der Mühe, eine Erklärung in Hinsicht auf die Gegenwart und bezüglich der Zukunft abzugeben. Allerdings keine konkrete Prophezeiung, eher Tendenzen wollte sie aufzeigen. Tanja fand dies sehr klug, da so niemand eingeengt war und sich nicht auf eventuelle Gefahren oder Negatives konzentrieren konnte.

Anschließend verteilte die Leiterin zur Überraschung aller die DVDs. Ein erstauntes Raunen ging durch den Raum, manch eine fiel Tanja vor Freude um den Hals.

Und dann begann auch schon das Abschiednehmen. Viele Tränen flossen; Beteuerungen wurden laut, sich oft und ausgiebig zu melden; die Bitten, sich ganz besonders gut um das jeweilige Pflegepferd zu kümmern, und natürlich auf alles und jedes aufzupassen.

Der Vater von Andrea wartete bereits vor seinem großen blauen Mercedes im Hof, der kleine Bus der Anlage fuhr vor, in seinem Anhänger die vielen Koffer und das Handgepäck.

Noch einmal gab es letzte Umarmungen und jede Menge Tränen, dann verließen erst der PKW und schließlich der Bus unter heftigem Winken der Abschiednehmenden die Reitanlage, um über den Schotterweg in Richtung Straße zu rumpeln.

Die Stille, die sich nun plötzlich über den Hof senkte, war fast greifbar.

Stanis und die Lehrlinge waren schon lange wieder im Stall verschwunden, als Tanja und Diana sich in die vom Weinen rot verschwollenen Augen blickten. Und schlagartig aus tiefstem Herzen zu lachen begannen.

»Mann, Mann, Mann, wenn das jetzt bei jedem Kurs so viel Abschiedsschmerz gibt, dann wird das ja schon eine Herausforderung für sich.« Diana schüttelte grinsend den Kopf und wischte die letzten Tränen mit einem ziemlich durchweicht wirkenden Taschentuch weg.

»Es ist fast schon verrückt, was wir da erlebt haben, nicht wahr?« Tanja hakte sich bei der Freundin ein und gemeinsam mit den Hunden verließen auch sie den Stall, um sich im Herrenhaus mit Mariannas Leckereien zu stärken und die eigenen Videos anzusehen.

Max gesellte sich zu ihnen und gemeinsam genossen sie den allmählich wieder aufklarenden Mittag. Der Unternehmer freute sich über das vielfache Lob der beiden Frauen, als sie die Bilder über den großen LED-Bildschirm flimmern sahen. Und tauchten nochmals ein in das Mysterium, das sie erlebt hatten.

Tanja schüttelte beeindruckt den Kopf, als das Video mit Diana und Patsy geendet hatte.

»Heute kann ich das mal entspannt als Zuschauer genießen. Da macht es noch viel mehr Spaß!«, konstatierte Max. Die beiden Frauen lachten.

»Ja, es war einfach großartig. Toll, dass ihr die Idee mit dem Video hattet. Da werden noch einige Rückmeldungen aus Deutschland kommen.« Diana streckte sich wohliglich in den weichen Kissen. Ihr Blick fiel auf das mittlerweile türkis funkelnde Meer. »Tanja«, meinte sie grüblerisch, »was hältst du eigentlich von einem schönen, sinnigen Ausritt?«

Die Blicke der beiden Frauen trafen sich, ihre Augen glänzten. Tanja blickte zu ihrem Mann.

Max grinste. Er wollte in Ruhe die weiteren Maßnahmen für die Kurse bedenken und sich im Internet über sinnvolle Weiterbildungen informieren. Später würde er mit Tanja zusammen seine Erkenntnisse besprechen und das folgende Vorgehen planen. So scheuchte er die Frauen mit wedelnden Händen aus dem Haus.

Wie die Kinder tollten Tanja und Diana mit den Hunden in den Stall. Tanja schnappte sich Beauty, Diana hatte sich für Sunny entschieden. Ein wunderschöner Ausritt stand ihnen bevor - sie würden ihn zu genießen wissen...

## DANKSAGUNG

An erster Stelle steht Nicoletta, meine zauberhafte schwarze Trakehner Stute, die mich in die Thematik von Heilung und Tierkommunikation eingeführt und stets weitergefördert hat. Dir möchte ich, wie auch meinen anderen vierbeinigen Freunden und Lehrern, von Herzen danken!

Lieben Dank auch an Ulrike aus dem Ostalbkreis, die mir beim Lektorat geholfen hat!

Ein ganz besonderer Dank gilt meinem geliebten Mann Dieter, der es auf bewundernswerte Weise immer wieder von neuem schafft, dass ich den richtigen Weg erkenne und beschreite!